일상이 포레스트

들어가는 글

"나 오늘부터 비건으로 살 거야."

어느 날 선언했습니다. 남편은 집에서는 채식 요리만 먹어도 상관없지만 자기에게 채식주의자가 되라고 강요만 하지 말아달라고 하였지요. 그로부터 3주 후 저는 채식을 포기하고 남편과 함께 소고기 샤브샤브를 먹으로 갔습니다.

"나 이제부터 미니멀리스트로 살 거야."

어느 날 또 선언했습니다. 남편은 마음대로 집을 정리하고 물건을 처분해도 좋으나 자기 물건은 버리지 말아달라고 하였습니다. 하지만 몇 주 후 저는 남편이 쓰지 않는 책상을 중고로 팔고, 읽지 않는 책들을 버리는 바람에 두고두고 원망을 들었습니다.

책을 통해, 사람을 통해, 자연을 통해 뭔가 깨달음을 얻어 조급한 마음에 삶의 방향키를 휙 돌려버리면 넘어지기 쉽습니다. 저는 무언가 결단하면 바로 실행하는 성격이라 이리 부딪히고 저리 부딪히면서 무작정 나아가다 포기한 적이 종종 있습니다. 단번에 삶의 태도를 바꾸는 것은 쉽지 않습니다.

이제는 좀 더 느리게 가보려 합니다. 육식의 해로움에 대한 지식이 머릿속에 가득하지만 동시에 고기를 먹고 싶은 마음도 끈질기게 따라옵니다. 고기를 무작정 끊기보다 조금씩 줄여나가고 채식 비중을 높이는 게 더 효과적이라는 걸 천천히 배워갑니다. 소파, 침대, 식탁까지 모두 비우고 아무것도 없는 집에서 살고 싶지만 좌식 생활이 허리와 관절에 무리가 갈 수 있음을 하나씩 시도해보며 알아갑니다.

천천히 조금씩 일상에 스며든 것만이 진정한 변화라는 생각이 듭니다. 매일의 일상을 어떻게 그려나갈지는 각자가 선택해야겠지요. 늘 어제 같은 오늘이지만 그 일상이 모여 다채로운 삶을 만들어냅니다.

'영원한 현재(eternal now)' 속에 살고 싶습니다.

차례

2. 우리 집엔 아무것도 없는데요

1. 반쯤은 채식주의자

햄버거가 무서워졌다

햄버거 좋아하시나요? 햄버거는 고기, 야채, 빵이 완벽한 조화를 이루는 듯 보입니다. 먹기도 간편하고 가격도 다른 음식에 비해 저렴한 편입니다. 바삭바삭한 감자튀김은 아무리 먹어도 질리지 않고요.

어느 날 '슈퍼 사이즈 미' 라는 다큐멘터리 한 편을 접하게 됩니다. 미국 독립영화 제작자인 모건 스펄록이 30일 동안 하루 세끼를 패스트푸드만 먹으며 자신의 신체적 변화를 기록한 영화인데요. 스펄록이 한 달간 빅맥과 감자튀김을 먹은 결과는 어땠을까요? 콜레스테롤과 나트륨 수치가 급격하게 상승했습니다. 11kg의 살이 쪘고, 몸집은 13% 불어났습니다. 게다가

우울증, 성기능 장애, 간 질환이 생겼습니다. 딱 한 달만에요.

영화를 보고 나니 햄버거가 다르게 보이더군요. 혹시 그동안 내가 좋아했던 음식들이 몸에 나쁜 영향을 끼치는 건 아닐까? 저는 어떤 분야에 대해 궁금한 점이 있으면 관련 책을 모조리 찾아보는 버릇이 있습니다. 그때부터 먹거리와 관련된 책을 하나씩 읽기 시작했어요.

제러미 리프킨의 《육식의 종말》을 읽고나니 소고기가 무서워졌습니다. 책에 적혀 있는 내용이 정말 무시무시했거든요. 육식의 유해성을 경고하는 책, 다큐멘터리, 유튜브 영상이 그렇게 많을 줄 몰랐습니다. 음식에 대해 너무 무지했다는 생각이 들었습니다.

우리는 채소와 과일이 몸에 좋다는 정도는 알고 있습니다. 설탕은 나쁘다는 것도요. 그런데 설탕이나 유전자 조작 옥수수가 모든 누명을 뒤집어쓰고 있는 동안 동물성 단백질 음식이 세계를 정복해버렸습니다. 단백질 덩어리라고 배웠던 소, 돼지, 닭 등의 고기가 실상은 몸에 해롭다는 건 몰랐죠. 누군가 10년 전 제게 이렇게 말했다면 말도 안 되는 소리 그만 하라고 무시했을 거예요. '고기가 몸에 나쁘다니 말도 안 돼'라고 생각하시는 분께 '푸드 주식회사'와 '몸을 죽이

는 자본의 밥상' 다큐멘터리를 권해드립니다. 영상이라 금방 이해되실 겁니다. 무언가를 한 번 깨닫게 되면 그 전으로 되돌아가기는 쉽지 않습니다.

음식을 선택하여 먹는 행위는 매우 중요합니다. 인간은 섹스 없이는 살 수 있지만 먹지 않고서는 살 수 없기 때문이죠. 우리는 매일 무언가를 먹습니다. 좋은 연료를 넣어주면 몸 구석구석이 부드럽게 작동하지만 나쁜 연료를 넣어주면 조금씩 핏줄이 막히고 고장이 납니다. 평소 건강에 대해 관심이 없다면 건강이 나빠졌을 때 어떻게 대처해야 할지 몰라 당황하게 됩니다. 정말 고기가 좋은지, 달걀이 좋은지, 우유가 좋은지 공부해보세요. 히포크라테스의 명언처럼 "음식이 곧 약이고 약이 곧 음식이어야 합니다." 바쁘고 피곤하고 귀찮아서 별생각 없이 아무 음식이나 먹으며 대충 살기에는 인생이 꽤 길기도 하고요.

삼겹살의 유혹을 참을 수 없어

저는 항상 궁금했어요. 왜 항암 밥상은 채소로만 구성되어 있을까? 왜 병원에서는 암에 걸리면 고기 섭취를 줄이라고 할까? 왜 의사들은 병에 걸리기 전에는 고기가 위험하다고 조언하지 않을까?

담배와 석면은 1급 발암 물질로 규정되어 있습니다. 그야 당연하겠지요. 그런데 그거 아세요? 햄, 베이컨 등의 가공육도 세계보건기구에서 1급 발암 물질로 분류하고 있다는 사실을요. 붉은육류도 2급 발암 물질로 분류됩니다.

세상에나. 육식이 이렇게 위험한데 우리는 왜 지금까지 모르고 있었던 걸까요? 여러 건강 단체와 연구소

가 동물성 식단이 질병 예방에 좋다며 선전하기 때문입니다. 그들은 동물성 식품 기업들로부터 후원을 받거든요. 또한 육류가 몸에 좋다는 내용의 광고에 천문학적인 광고비를 쏟아붓습니다. 우리가 쉽게 얻는 영양 정보는 기업에서 제공받는 것입니다. 소비자가 원재료가 어떤 방식으로 생산되고 가공되는지 알면 그것을 선택하지 않겠지요. 그렇기에 기업은 진실을 감추려 부단히 노력합니다. 식품 연구원에게 연구비를 지원하여 기업에게 유리한 논문을 쓰게 합니다. 매력적인 영상의 음식 광고를 끊임없이 내보내고요.

저는 처음에 건강을 목적으로 채식 위주의 식사를 선택했는데요. 대개 채식을 하는 사람들(비건)은 건강뿐만 아니라 동물의 생명을 존중하고 동물을 사육할 때 발생하는 환경 파괴를 줄이기 위해 고기를 먹지 않는 경우가 많습니다. 공장에서 동물을 사육하고 도살하는 방식이 얼마나 비윤리적인지 영상으로 보신다면 충격을 받을 거예요.

혹시 한국의 축산 환경은 외국에 비해 안전할 거라고 생각하시나요? 전주MBC에서 만든 '육식의 반란'이나 한승태 작가의 《고기로 태어나서》를 보신다면 생각이 바뀔 겁니다. 가축이 하루 동안 소비하는 사료와 배설물이 엄청나고 그로 인해 대기 중 이산화탄소

가 증가하고 물이 오염됩니다.

생선은 괜찮을까요? 우리가 자주 먹는 연어를 비롯한 많은 생선 또한 양식 어류라고 보면 되는데요. 살충제와 항생제를 잔뜩 뿌려 키웁니다. 발정 호르몬과 발암 물질도 포함되어 있지요. 전 새우튀김을 참 좋아하는데요, 대부분의 새우는 양식장에서 항생제나 포르말린을 먹이고, 약품을 이용해 부피를 불립니다. 그럼 바다에서 잡은 생선은 안전할까요? 바다도 이미 오염되었기에 몸집이 큰 물고기일수록 몸 속에 수은이 많이 쌓입니다. 우리가 생선을 먹는다면 폴리염화바이페닐, 수은, 포화지방산, 콜레스테롤도 함께 흡수하는 겁니다.

그럼 대체 뭘 먹고 살라는 거냐고 남편이 물어본 적이 있습니다. 남편처럼 육류가 몸에 나쁘다는 걸 알지만 고기를 안 먹고 평생 사는 건 어려울 것 같다고 생각할 수도 있어요. 거의 모든 사람들이 어렸을 때부터 고기를 먹어왔으니까요. 고기를 끊기는 힘들지만 육류 섭취를 조금 줄일 수는 있습니다.

저는 햄버거 패티가 고기의 온갖 부위를 갈아 만든 것이고, 그렇기에 도축 과정에서 오염될 확률이 높다는 사실을 알았을 때 결심했어요.

"다시는 햄버거를 먹지 않겠어."

장을 볼 때는 고기를 사지 않으려고 합니다. 밖에서도 고기 먹는 걸 최대한 줄이려고 하고요. 그래도 가끔은 고기가 먹고 싶어요. 고기가 얼마나 나쁜지 잘 알면서도 막상 삼겹살 냄새를 맡으면 마음이 흔들립니다. 고기가 몸에서 너무 익숙해진 겁니다.

　　저는 플렉시테리언(Flextarian)*으로 살고 있습니다. 언젠가는 비건이 될 수 있을까요?

*플렉시테리언(Flextarian) : 반채식주의자, 식물성 식품을 주로 섭취하면서 상황에 따라 육류를 최소한으로 섭취하는 사람.

우유를 마시면 뼈는 점점 약해진다

어린아이가 우유를 꿀꺽꿀꺽 마신 후 입가에 우유를 묻힌 채 활짝 웃고 있는 광고 본 적 있으신가요? 어렸을 적부터 우리는 우유가 뼈를 튼튼하게 해준다고 배우며 자랐어요. 아이가 우유를 먹지 않으면 큰일날 것처럼 중요하게 생각했어요. 저는 우유의 비린 맛이 싫어 마시지 않았기에 우유가 우리 몸에 나쁘다는 사실을 알고 내심 안도했습니다. 하지만 요거트, 버터, 치즈, 크림, 아이스크림 같은 유제품까지는 생각이 미치지 못했어요. 모두 우유로 만든 것인데 말이지요.

전립선암과 자궁암에 걸린 지인들이 병원에서 공통적으로 들었던 얘기가 뭔지 아세요? 우유를 마시지

말라는 거였어요. 왜 대부분의 의사들이 평소에 우유가 위험하다는 걸 알려주지 않는지 모르겠습니다.

《우유의 역습》의 저자 티에리 수카르는 우유가 나쁜 이유를 알려줍니다. 우유는 우리 몸에 칼슘을 넣어주지 않습니다. 오히려 뼛속의 칼슘을 빼앗아 소변으로 배출하게 합니다. 유제품 소비가 특히 많은 나라일수록 전립선암과 골절 발병률이 높다는 통계를 보여줍니다.

또한 젖소 사육 환경은 우리가 상상할 수 없을 정도로 비참합니다. 젖소는 강제 임신을 당하고 기계가 끊임없이 젖을 쥐어짜기 때문에 고름과 피가 생깁니다. 공장에서 우유를 필터에 거른다고 해도 피고름을 전부 제거할 수는 없습니다. 따라서 각 나라마다 합법적으로 포함시켜도 되는 고름 체세포 양이 정해져 있답니다. 우리나라 식약처에서는 1등급 원유 1ml당 고름 20만 개 미만의 양을 포함하는 걸 허용하고 있고, 2등급 원유에서는 20만 개에서 35만 개 사이를 허용하고 있습니다. 우리가 마시는 우유에 고름이 들어 있다는 사실은 정말 모르셨죠?

젖소에 항생제를 투입하기 때문에 우유를 마시면 그 항생제가 사람에게도 영향을 끼칩니다. 평소 우유를 많이 마시는 아이가 아파 병원에 간다면 항생제 주

사를 놓을 때 이미 내성이 생겨 효과가 없을 수도 있습니다.

유방암 환자의 회복을 돕고 응원하는 핑크 리본 아시죠? 미국의 핑크 리본 재단을 후원하는 업체가 어딘지 아시나요? 낙농업계입니다. 모순적이지요.

이제 우유 대신 아몬드 밀크, 소이 밀크, 캐슈넛 밀크를 선택해보세요. 나른한 오후에 따뜻한 라테 한 잔을 마시면 힘이 납니다. 하지만 라테에는 생각보다 우유가 많이 들어가요. 우유가 적게 들어가는 카푸치노나 두유 라테로 바꿔보세요. 요거트를 만드는 기계가 있다면 우유 대신 두유를 넣어보세요.

우유의 단짝 친구인 달걀은 어떨까요? 달걀은 완벽한 단백질 식품이라는 믿음이 있었어요. 몸에도 좋고 맛도 좋으니 하루에 한 알 정도는 달걀을 먹었습니다. 라면에도 퐁당, 떡볶이에도 퐁당, 만둣국, 달걀말이, 계란찜, 스크램블, 비빔밥에도 퐁당퐁당. 달걀만 있으면 무궁무진한 요리가 가능하고 질리지도 않지요.

하지만 달걀에는 고기, 우유와 더불어 콜린이라는 성분이 많이 들어 있습니다. 콜린을 섭취하면 전립선암에 걸릴 확률이 매우 높아진다고 해요. 콜린은 유익한 영양소이지만 문제는 장내 세균에 의해 TMO로 바뀌고, 또 간에서 TMAO로 바뀌면서 문제가 됩니다. 바

로 이 TMAO가 동맥경화, 심장병, 암, 신부전 등 여러 가지 질병을 유발하기 때문입니다. 사실 달걀과 관련해서는 항생제, 산란촉진제, 콜레스테롤 등의 문제가 제기되어왔지만, 콜린에 따른 유해성도 무시할 수 없네요.

달걀이 부화하여 닭이 될 때까지 몇 달이 걸릴까요? 요즘에는 35~48일이 걸립니다. 닭의 급격한 체중 증가를 위해 배합 사료를 먹이거든요. 몸집은 기형적으로 커졌지만 본질은 병아리인 닭이 삐약삐약 소리를 내며 걷는 모습을 상상해보세요.

달걀에서 부화된 암평아리는 달걀을 낳기 위해 축사로 이동되지만 수평아리는 어떻게 될까요? 산 채로 기계에 넣어 갈아버리거나 쓰레기봉투에 생매장시킵니다. 축사로 옮겨진 암탉은 A4 용지만한 공간에 4~5마리까지 감금됩니다. 너무 좁은 공간에 있다보니 스트레스가 증가하여 옆의 닭을 피가 날 때까지 공격하는데, 그것을 막기 위해 부리도 싹둑 잘라버리고요. 케이지에 갇혀 꼼짝도 못하는 닭들은 온갖 질병에 시달릴 수밖에요. 산란계가 달걀을 최대한 많이 낳도록 축사 안은 밤에도 환하게 불이 켜져 있습니다. 닭들은 매일 항문에 피가 나도록 알을 낳고, 1년 정도 지나 산란율이 떨어지면 도살되어 가공육으로 생을 마감합니

다. 우유와 달걀. 진실을 알고 받아들이는 게 쉽지는
않네요.

하루 한 끼는 야채를 먹어야지

하루에 야채 얼마큼 드시나요? 성인의 경우 매끼 100g 정도의 야채를 먹는 게 좋다고 합니다. 매일이 아니라 매끼마다요. 이때 야채는 생으로 먹거나 살짝 데치거나 찌는 정도가 좋겠지요. 100g은 중간 크기의 케일 잎으로 15장 정도 됩니다. 생각보다 엄청 많지 않나요? 저도 식단을 살펴보니 하루에 50g도 먹지 않아 개선이 필요했어요.

한 끼만이라도 충분히 야채를 먹으리라 결심하고 아침 식사를 바꾸기로 하였습니다. 예전에는 빵집에서 사온 빵, 요거트, 카페라테로 아침을 먹었는데요. 풍성한 채소 샐러드, 집에서 만든 빵, 과일, 에스프레

소로 식단을 바꿨습니다.

아침 식사로 생야채를 듬뿍 먹기 시작했더니 놀랍게도 피부 건조함이 사라졌어요. 제 얼굴은 T존은 지성이고 나머지 부분은 심한 건성인 복합성 피부입니다. 특히 입 주변이 건조해 항상 버짐이 핀 것처럼 하얗게 각질이 일어나곤 했어요. 수분이 부족한가 싶어 비싼 수분 크림도 챙겨 바르고 물도 수시로 마셔봤는데 별 효과가 없었거든요. 그런데 채소를 한 끼 먹고 유제품을 끊었다고 입 주변의 각질이 사라지다니요. 채소의 힘이 이렇게 위대한 줄 미처 몰랐습니다. 지금도 채소를 많이 먹으면 피부가 매끈매끈하고, 채소를 줄이면 다시 푸석푸석해집니다. 전체적으로 피부 톤이 밝아지고 피부 결이 나아지니 신기해서 자꾸 거울을 쳐다보게 돼요.

또 좋지 않은 음식을 먹을 때 몸이 민감하게 반응하게 되었습니다. 간이 세거나 기름진 음식을 사먹으면 배가 사르르 아파오거든요. 그래서 음식을 고를 때 더욱 조심하게 됩니다.

요즘은 유산균을 필수품처럼 챙겨 먹는 경우가 많습니다. 혹시 변비나 과민성 대장염이 있다면 유산균 한 포 대신 채소와 과일을 듬뿍 먹어 보세요. 채소에 들어 있는 섬유질이 장 청소를 도와주어 깨끗한 장을

만들어줍니다. 육류, 가금류, 난류, 유제품에는 섬유질이 하나도 들어 있지 않습니다. 오직 식물에만 들어 있답니다. 식품 보조제에 의존하기보다 몸 스스로가 치유할 수 있도록 몸을 도와주세요. 게다가 다이어트는 덤으로 됩니다.

하루에 딱 한 끼만 야채로 바꿔보세요. 통곡물이나 생채소가 좋은 이유는 그 안에 생명력이 듬뿍 담겨 있어서입니다. 자연에서 나온 그대로를 먹기 때문이지요. 일주일만 시도해보세요. 해봤는데 몸에 전혀 변화가 없다면 다시 예전 식단으로 돌아가면 됩니다. 분명 달라질 거예요.

드레싱 없이 먹는 샐러드

드레싱을 얹지 않은 샐러드 드셔보셨나요? 보통 밖에서 파는 샐러드는 드레싱을 넉넉히 뿌려 달콤새콤한 맛이 납니다. 집에서 샐러드를 할까 싶다가도 드레싱 만드는 게 귀찮아 포기한 적 있으신가요? 사실 샐러드는 드레싱 없이 먹는 것이 가장 좋다고 해요. 야채와 과일을 있는 그대로 먹는 자연 식물식이 몸에 이롭기 때문입니다.

자연 식물식은 《무엇을 먹을 것인가》의 저자 콜린 캠벨에 의해 알려진 용어인데요. 채소, 과일, 통곡물, 콩류, 씨앗 등의 식품을 통째로 먹고 가공 식품이나 동물 식품은 먹지 않는 것입니다.

저도 들기름이나 올리브 오일은 무조건 좋은 줄 알고 샐러드에 듬뿍 넣곤 했는데, 식물성 기름도 되도록 적게 섭취하는 것이 몸에 낫다는 걸 알았습니다. 그래서 드레싱 없이 야채를 맛있게 먹는 방법을 고민하다 야채에 과일을 섞어 보았는데요. 맛있네요.

샐러드를 한번 만들어볼까요? 야채는 무농약이나 유기농을 사용하면 좋습니다. 과일이나 가공 식품은 유기농이 일반 상품보다 비싸 선뜻 사기 힘들지만, 야채는 온라인으로 구입 시 가격 차이가 거의 없습니다. 오목한 접시에 채 썬 양배추를 넣습니다. 1kg 정도의 유기농 양배추 한 통을 사면 2주는 충분히 싱싱하게 먹을 수 있어요. 일반 양배추보다 맛이 고소하고 신선도가 오래 가거든요. 양배추 위에 케일, 치커리, 적근대, 루꼴라, 알배추, 청경채 등등 잎채소 몇 개를 골라 손으로 뜯어 넣어주세요. 줄기 부분은 칼로 쫑쫑 잘라 넣으면 됩니다. 잎채소를 살 때도 무농약이나 유기농을 고르면 풀 냄새가 적게 나고 부드러워 생으로 먹을 때 도움이 됩니다. 냉장고에 굴러다니는 오이, 당근, 양파도 잘게 썰어 넣으면 됩니다.

이제 드레싱 역할을 할 과일을 넣을 차례입니다. 과일은 일 년 내내 살 수 있는 사과를 기본으로 하면 됩니다. 사과 한 알을 조각조각 잘라 넣어줘요. 그 다

음은 제철에 맞는 과일을 잘라 넣으면 되는데요. 귤, 방울토마토, 감, 딸기, 참외, 배, 바나나, 오렌지, 키위, 파인애플, 아보카도, 수박 등등. 여러 과일 중 두 종류만 골라 작게 잘라 넣으면 충분합니다.

이제 맛있게 먹으면 됩니다. 과일즙이 야채 위에 덮여(말 그대로 드레싱 되는 거죠.) 맛을 살려줍니다. 야채와 과일을 함께 먹으니 건강에도 훨씬 좋고요.

과일은 되도록 껍질째 먹어보세요. 껍질에 가장 많은 영양소가 들어 있거든요. 유기농 과일이 아니라면 아무리 씻어도 농약이 완벽하게 제거되지는 않겠지요. 그렇다 하더라도 껍질째 먹는 것이 몸에는 더 이롭다고 합니다. 껍질의 섬유소가 농약 배출을 돕는대요. 사과, 참외, 단감, 배 같은 과일은 껍질째 먹는 게 그리 어렵지 않습니다.

그래도 드레싱 없이 야채만 먹기 힘들다면 레몬즙을 뿌려보세요. 깨끗이 씻은 레몬을 4분의 1로 잘라 샐러드 위에 꾹 짜주세요. 레몬의 상큼한 맛이 야채의 식감을 확 살려주거든요. 남은 레몬은 반찬통에 넣어 냉장고에 보관해 다음번에 사용하면 됩니다. 레몬이 우리 몸의 염증을 치료해 주고 소화 불량에도 좋다는 사실 알고 있나요? 레몬은 몸 속의 독소를 빼주기 때문에(디톡스) 따뜻한 물에 살짝 즙을 넣은 후 수시로

마셔주면 좋답니다. 평소 소화가 잘 되지 않아 힘들어 했던 저희 아빠도 레몬 물을 마신 후 훨씬 속이 편하다고 하십니다.

레몬 즙을 매번 짜기 힘들다면 순수한 레몬만 짜서 넣은 레몬주스를 구입해서 활용해보세요. 생 레몬이 너무 시어서 싫다면 레몬 청을 만들어 드레싱으로 사용해 보세요. 레몬 청을 만들 때는 껍질까지 사용해야 되니 국산 레몬을 선택하는 게 좋습니다. 수입산 레몬은 농약으로 코팅이 되어 있어 소금으로 씻고, 베이킹 소다를 탄 물에 담구고, 끓는 물에 살짝 데쳐도 미끈미끈함이 사라지지 않습니다. 반면 국산 레몬은 베이킹 소다를 넣은 물에 20분만 담가 놓으면 껍질이 뽀드득해집니다.

레몬을 씻어 얇게 저민 후 냄비나 볼에 레몬과 설탕을 넣어 함께 버무립니다. 이때 레몬 양이 1kg라면 설탕은 500g만 넣으시면 충분합니다. 깨끗이 씻은 유리병에 차곡차곡 넣어 냉장고에 보관하면 끝. 레몬청 한 병 만드는 데 10분이면 충분하답니다. 다음날부터 활용하시면 됩니다.

일주일치 먹을 야채를 씻어 통에 보관하기

　샐러드를 만들거나 된장찌개를 끓이려면 냉장고에
서 온갖 재료를 꺼내야 되죠. 재료를 그때그때 씻고
손질하는 게 얼마나 귀찮은지 요리를 시작하기도 전
에 의욕이 상실됩니다. 그래서 저는 장을 보면 각종
재료를 미리 손질해놓습니다.

　우선 샐러드용으로 구입한 각종 잎채소를 깨끗이
씻어 물기를 잘 털어준 후 큰 통에 넣어요. 당근이나
오이도 함께 넣습니다. 양배추는 1/2로 쪼개어 반은
얇게 채를 썰어 작은 통에 따로 넣어두고, 나머지 반
은 통째로 별도의 통에 보관해둡니다. 또 다른 큰 통
에는 그 외 식재료를 손질해둡니다. 양파는 깨끗이 씻

어 겉껍질만 벗기고 느타리버섯, 팽이버섯, 양송이버섯 등의 버섯류는 밑둥을 자른 후 넣습니다. 애호박, 가지, 풋고추, 깻잎들도 씻어 함께 넣어둡니다. 대파도 씻어 대파 통에 넣어두고요. 이렇게 야채들을 손질해 비슷한 부류끼리 한 통에 넣으면 마음이 가벼워집니다.

아침마다 샐러드 통을 꺼내 양배추와 손으로 뜯은 잎채소를 그릇에 넣어줍니다. 여기에 당근, 오이, 과일 등 딱딱한 재료를 썰어주면 10분 만에 풍성한 샐러드가 완성됩니다.

된장찌개를 만들고 싶다면 야채 통에서 여러 야채를 골라 깍둑썰기 한 후 육수를 넣고 끓이면 되니 20분이면 된장찌개 완성입니다. 장을 본 후 딱 30분만 시간을 내어 재료를 다듬은 후 냉장고에 넣어보세요. 몸이 피곤해도 재료가 미리 다듬어져 있으면 요리를 하려는 힘이 좀 더 생긴답니다.

야채 통은 밀폐가 잘 되고 가볍고 튼튼하며 냄새도 배지 않는 스테인리스 재질이 좋습니다. 스테인리스 김치 통으로 검색하신 후 마음에 드는 크기를 고르면 됩니다. 스테인리스 통을 구입했다면 제일 처음 해야 할 일은 휴지에 식용유를 묻혀 전체를 닦아내는 것입니다. 이 과정은 우리 눈에 보이지는 않지만 스테인리

스에 남아 있는 연마제를 제거하기 위해서인데요. 굴곡진 곳이나 모서리 부분을 주의 깊게 닦아보세요. 휴지에 검댕이 같은 게 묻어나온답니다. 보통 몇 번 닦으면 없어지니 그 후 물에 깨끗이 씻어 사용하면 됩니다.

통밀, 드라이 이스트, 소금만 있으면
통밀 빵이 됩니다

아침은 항상 커피와 빵을 먹었기에 자주 빵을 사야
했어요. 좋은 재료를 쓰는 동네 빵집에서 통밀 빵이나
잡곡 빵을 사먹었는데요. 매주 나가는 비용이 만만치
않더라고요. 하지만 빵을 만들자니 몇 번이나 발효를
해야 되는 과정이 귀찮아 포기하곤 했는데요. 문득 발
효를 한 번만 해도 빵이 만들어지는지 실험이나 해볼
까 하는 마음이 들었어요. 최소한의 공정으로도 만들
어지는지 시도를 몇 번 해봤는데, 빵이 되네요. 물론
밖에서 파는 통밀 빵보다 조직이 성글고 모양이 울퉁
불퉁하지만 맛은 좋습니다.

여기서 잠깐. 통밀과 밀의 차이점 알고 계신가요?

동일한 밀가루라 여길 수 있지만 현미와 백미처럼 큰 차이가 있습니다. 통밀의 겉겨를 벗겨내면 하얀 가루가 남는데 이것이 밀가루입니다. 통밀은 밀의 배젖을 제거하지 않은 가루라 식이 섬유질이 많습니다. 식이 섬유질은 혈압 상승을 방지하며 콜레스테롤이 체내에 축적되는 것을 막아주지요. 과일과 야채에 풍부하게 들어 있는 섬유질이 통밀에도 많이 함유되어 있다니 놀랍지 않나요?

보통 탄수화물은 먹으면 살이 찐다고 알고 있지요? 국수나 쿠키 같은 정제 탄수화물은 그럴 수도 있어요. 하지만 현미, 통밀, 고구마, 감자, 옥수수 같은 복합 탄수화물은 우리 몸에 이롭고 다이어트에도 좋습니다.

그럼 한 번 만들어보겠습니다.

1. 준비물 : 우리밀 통밀가루 600g, 인스턴트 드라이 이스트 6g, 천일염 6g, 찬물 600g.

2. 큰 냄비나 뚜껑이 있는 믹싱 볼에 통밀가루를 부어주세요.

3. 소금과 이스트를 넣어주세요.

4. 물을 넣고 손으로 1~2분 반죽하세요.

5. 뚜껑을 덮고 냉장고, 베란다 등 서늘한 장소에 두세요.

6. 6시간 이상 그냥 두세요.

7. 뚜껑을 열면 반죽이 두 배로 부풀어 있습니다. 거미줄처럼 엉켜 있고 술빵 비슷한 발효 냄새가 납니다.

8. 반죽 기포를 꾹꾹 누르며 동그랗게 만드세요.

9. 반죽을 적당량씩 떼어 팬에 올린 후 예열된 오븐에 180도로 25분 간 구우세요.

10. 완성.

집에 오븐이 있다면 꼭 만들어보세요. 고소하고 맛있는 통밀 빵을 쉽게 만들 수 있습니다. 따끈따끈한 빵을 올리브 오일과 발사믹 식초에 찍어 먹으면 정말 맛있어요. 저는 보통 아침에 반죽한 후 저녁에 굽거나 자기 전 반죽한 후 아침에 일어나 굽습니다.

통밀가루에 다른 가루를 섞어 주어도 됩니다. 생강가루나 새싹 보리 가루 등 처치 곤란한 가루가 있으면 함께 넣어 반죽합니다.

600g을 반죽하면 통밀 빵이 네 개 정도 나옵니다. 제가 가진 오븐은 작아서 반죽을 두 번에 나눠 구워줍니다. 빵이 구워지면 빵 칼로 모두 자른 후 밀폐 용기에 넣어 냉동실에 넣어둡니다. 아침에 일어나면 4조각을 꺼내 예열한 오븐에 5분 정도 따뜻하게 데워 샐

러드와 함께 먹습니다.

　보통 밖에서 파는 빵은 소금, 설탕, 방부제가 많이 들어갑니다. 최소한의 재료로 맛있고 건강한 통밀 빵을 만들어보세요. 비용 절감도 매우 크답니다.

채소 꼬투리로 만드는 만능 채수

음식에서 육수는 소금만큼 중요하지요. 저도 냉장고에 항상 육수가 준비되어 있는데요. 멸치나 디포리 대신 채소로만 우려냈으니 채수라고 해야겠군요. 예전에는 항상 멸치와 다시마를 우려 유리병에 담아두었습니다. 다 쓴 유리병을 씻을 때마다 멸치 비린내가 나서 싫었는데요, 육수 대신 채수로 바꾸고나니 유리병을 씻을 때 냄새가 얼마나 산뜻한지요. 비싼 멸치를 더 이상 구입하지 않아도 되니 일석이조입니다.

채소로만 국물을 우려내도 깊은 맛이 날까 의심이 드시나요? 그렇다면 한 번 해보는 거죠. 정말 맛이 있는지 없는지. 전 의문이 생기면 일단 해보는 성격인데

요. 실패할 때도 있지만 가끔은 이런 태도가 삶을 더 나아지게 하더라고요.

채수를 만들려면 채소가 필요하겠지요. 양파 껍질, 버섯 밑동, 당근 밑동, 가지 꼭지, 애호박 끝, 브로콜리 심, 양배추 심, 청경채 심, 대파 뿌리, 감자 껍질, 시든 배추잎, 무…… 야채를 손질할 때마다 나오는 껍질이나 조각들을 작은 통에 넣어 냉장고에 보관해두세요. 야채가 어느 정도 모아지면 큰 냄비에 넣고 다시마를 추가한 후 물을 가득 붓고 끓여줍니다. 물이 끓으면 약 불로 줄여 5분 정도 끓인 후 불을 끄고 2시간 정도 놔둡니다. 야채가 충분히 우러나올 수 있도록 기다리는 거죠. 가스비도 아끼고요.

물이 식으면 거름망에 걸러 채수만 병에 담아 냉장고에 보관합니다. 겨울에는 1주일, 나머지 계절엔 3일은 거뜬히 보관할 수 있어요. 육수 대신 채수를 만들면 채소 껍질이 마지막까지 활약할 수 있어 좋습니다. 저는 보통 장을 본 후 야채들을 손질할 때 나오는 꼬투리를 모아 채수 만들 때 넣습니다. 다양한 채소를 우려냈기에 국물 맛은 깔끔하면서도 풍부합니다. 채수만 있으면 찌개와 국은 금방 완성됩니다.

된장찌개를 만들어볼까요? 애호박, 두부, 양파, 감자, 버섯, 청양고추 등의 재료를 깍둑썰기 한 후 채수

를 자박자박하게 붓고 15분 끓여줍니다. 된장을 한 숟갈 넣어 풀어준 후 5분 정도 더 끓이면 완벽한 된장찌개 완성입니다.

콩나물국이요? 채수를 넣고 물이 팔팔 끓으면 콩나물, 다진 마늘, 대파, 새우젓, 국간장을 조금 넣어 3분 정도 끓이면 완성입니다.

미역국이요? 달군 냄비에 들기름을 살짝 넣어 물에 불린 미역과 다진 마늘을 달달 볶습니다. 마늘과 미역의 색깔이 변하면 채수를 부어 약불에 30분 이상 푹 끓입니다. 마지막에 소금이나 국간장을 넣어 간을 맞추면 끝이지요.

만두전골이요? 넉넉한 팬에 감자(껍질째 썰어 넣어보세요.) 애호박, 청양고추, 대파, 두부, 각종 버섯과 야채를 넣고 팔팔 끓인 후 만두를 넣고 간장, 소금으로 간하여 한 번 더 끓이면 완성입니다.

카레는 어떨까요? 온갖 야채를 깍둑썰기 하여 냄비에 넣은 후 기름에 달달 볶아주세요. 채수를 자박자박하게 붓고 뚜껑을 덮어 약불에 30분 끓입니다. 고체 카레를 풀어준 후 5분 정도 더 끓여주면 완성입니다. 깜짝 놀랄 만큼 맛있는 카레를 맛볼 수 있습니다. 코코넛 오일이 있다면 카레에 세 스푼 정도 추가해보세요. 태국식 카레로 변신합니다.

떡볶이나 두부조림을 할 때도 물 대신 채수를 넣어
보세요. 얼마나 맛있는지는 먹어본 사람만 알 수 있지
요.

이나가키 에미코는《먹고 산다는 것에 대하여》에
서 요리를 이렇게 정의하였습니다. "요리란 원래 살
아가기 위해 필요한 행위다. 여자든 남자든 아이든,
누구나 그럭저럭 만들 수 있는 그런 것이어야 한다."
공감이 되는 말입니다. 요리는 거창하거나 특별한 능
력이 필요한 게 아닙니다. 누구나 쉽게 그럭저럭 만들
수 있어야 합니다. 채수만 준비되어 있으면 요리는 훨
씬 간단해집니다.

야채 김밥을 만들어봅시다

    남편이 가장 좋아하는 음식은 떡볶이와 김밥입니다. 입맛이 소박하다고나 할까요. 결혼한 후 남편과 함께 수없이 많은 떡볶이와 김밥을 먹다보니 저도 어느새 좋아하게 되었어요. 떡볶이는 밖에서 먹는 게 맛있고(설탕을 엄청나게 넣거든요) 김밥은 집에서 말아 먹는 게 맛있죠. 저희는 딱히 입맛이 없거나 반찬 거리가 없으면 김밥을 만듭니다.

    집에 김밥용 김이 있다면 반은 완성입니다. 쌀의 양은 평소보다 좀 더 넉넉하게 넣으세요. 김밥을 말 때 의외로 밥이 많이 들어가거든요. 밥이 지어지는 동안 김밥에 들어갈 재료를 만듭니다. 당근은 채를 썰거

나 필러 채칼로 벗긴 후 팬에 소금을 조금 뿌려 달달 볶아줍니다. 시금치는 끓는 물에 뿌리부터 넣어 10초 정도 저어준 후 찬물로 씻어 꼭 짜줍니다. 소금, 간장을 조금 넣고 조물조물. 단무지나 우엉은 김밥용으로 손질된 걸 사는 게 편합니다. 하지만 한 번쯤은 용기를 내어 직접 국산 우엉을 구입해 만들어보세요. 깨끗이 씻은 우엉을 연필 깎듯 돌려 깎거나 채썬 후 팬에 달달 볶습니다. 그 후 중불에 물, 간장, 조청을 넣어 조리하면 됩니다. 우엉을 깎다보면 색이 금방 갈변하니 놀라지 마시고요. 지금까지 밖에서 맛보았던 우엉은 대체 무엇이었을까 싶을 정도로 우엉이 맛있다는 걸 알게 됩니다.

밥이 다 되면 밥에 들기름과 천일염을 조금 넣고 버무려줍니다(취향에 따라 식초와 깨소금도 조금). 네모난 김에 밥을 3분의 2 정도로 넓게 퍼놓습니다. 야채를 차곡차곡 올립니다. 김을 둘둘 말아 김밥을 쌉니다. 김 끝부분에 밥풀을 묻혀 말면 김밥이 터지지 않습니다. 김밥을 먹기 좋게 썰면 됩니다. 썰 때는 일반 칼 대신 빵 칼을 이용해보세요.

김 얘기가 나와서 말인데요. 전장 김을 사면 평평한 조리대에 놓고 가위 대신 칼로 잘라보세요. 훨씬 깔끔하게 잘리고 김 가루가 떨어지지도 않습니다. 또

일반 김은 불순물 등을 제거하려고 염산을 사용하는 경우가 많으니 친환경 양식인 지주식으로 생산된 김을 구입하면 더 좋겠지요. 김밥 안에 내용물은 세 가지면 충분합니다. 들기름과 소금으로 간을 한 따끈따끈한 밥이 주인공이니까요. 원래 따뜻한 밥은 김만 싸 먹어도 맛있잖아요.

냉장고에 콩나물밖에 없다면 콩나물김밥을 만들어 보세요. 콩나물을 끓는 물에 넣어 3분간 데친 후 식힙니다. 김 위에 들기름과 소금으로 간을 한 밥을 깔고 콩나물을 넣은 후 돌돌 마세요. 만들어진 김밥을 칼로 자르지 말고 통째로 간장 양념에 찍어 먹어 보세요. 김과 밥을 먹는 것에 초점을 맞춘다면 한 가지 재료만으로도 충분히 맛있는 김밥을 만들 수 있습니다.

김밥 재료로 쓸 콩나물이나 시금치를 데칠 땐 넉넉하게 데치셔도 됩니다. 남은 건 물기를 꼭 짠 후 통에 넣어 냉장실에 넣어두세요. 다음날 시금치는 들기름, 소금, 간장을 넣어 조물조물 무치세요. 콩나물은 고춧가루, 소금, 간장을 넣어 조물조물 무치세요. 반찬 두 가지가 완성되었네요.

20분이면 현미로 지은 냄비 밥이 완성돼요

현미 좋다는 말 많이 들으셨죠? 현미는 쌀의 영양소를 고스란히 가지고 있습니다. 쌀알의 껍질을 모두 도정한 것이 백미인데요. 다 벗겨냈으니 영양소는 거의 없겠지요. 현미가 까끌까끌해서 먹기 힘들고 소화도 안 된다면 오분도미는 어떨까요? 쌀알 껍질을 50%만 벗겨냈기 때문에 한결 먹기 좋습니다. 오분도미도 힘들다면 백미에 현미 찹쌀이라도 살짝 섞어보세요.

쌀을 구입할 때 주의할 점이 있습니다. 일반 쌀은 대량 유통하여 대량 보관을 하게 됩니다. 이때 쌀벌레가 생기는 걸 방지하고 보관상 편리를 위해 농약으로 훈증 소독(멸균 소독)을 하는 경우가 많습니다. 저는

모든 식재료를 유기농으로 구입할 여력도 안 되고 까다롭게 따지는 것도 좋아하지 않지만 쌀만큼은 유기농으로 구입합니다.

그럼 이제 냄비로 현미밥을 지어봅시다. 전기밥솥이나 압력밥솥이 아닌 냄비로도 현미밥을 지을 수 있습니다. 냄비로 현미밥이 어떻게 되냐고요? 쌀을 충분히 불리면 됩니다. 저는 2인용 무쇠 냄비를 사용하는데 일반 냄비도 가능합니다. 냄비에 쌀 한 컵을 넣고 재빨리 찬물에 두세 번 씻어줍니다. 쌀뜨물은 화단이나 화분에 뿌려줍니다. 쌀뜨물에 들어 있는 영양분이 화초에게도 좋다고 합니다. 손바닥이 잠길 만큼 물을 넣고 6시간 정도 불려줍니다. 이때 물은 백미로 지을 때보다 좀 더 넣어줍니다.

이제 밥을 지을 시간입니다. 냄비를 중간 불에 놓고 물이 끓을 때까지 기다립니다. 3분 정도 지나면 물이 끓는데요. 이때 뚜껑을 열고 수저로 한 번 뒤집어줍니다. 이제 약 불로 줄인 후 10분 간 끓여줍니다. 밥물이 넘쳐도 괜찮습니다. 저는 핸드폰 알람으로 10분을 재는데 타이머가 있으면 훨씬 편할 거예요. 불을 끄고 5분 동안 뜸을 들이면 끝. 냄비로 현미밥 짓기 간단하지요? 냄비 하나만 있으면 어디서든 쉽고 빠르게 밥을 지을 수 있으니 얼마나 편한지 모르겠어요. 심지

어 백미라면 쌀을 따로 불리지 않고 바로 밥을 지을 수 있습니다. 딱 20분이면 매끼 갓 지은 밥을 먹을 수 있어 참 좋습니다.

평생을 자연과 어우러져 살았던 미국의 작가 헬렌 니어링은 우리에게 소박한 식단을 권합니다. 적게, 그리고 자연 그대로 먹는 것이 인간에게 이롭다는 것이지요. 니어링은 《소박한 밥상》에서 이렇게 말합니다. "소박하게 먹는다고 해서 반드시 단조로운 식단을 구성할 필요는 없다. 매일 매끼 다양하게 먹을 수도 있다. 하지만 같은 음식을 먹는 것을 두려워하지 말자. 마음에 드는 것을 찾으면 계속 그것을 고수하자."

조선 시대 때는 부잣집에서도 평소에는 3, 4첩 반상을 먹었습니다. 혜경궁 홍씨의 환갑 잔치 때 정조대왕이 받은 수라상은 7첩 반상이었다고 합니다.

현미밥 한 공기에는 우리에게 필요한 3대 영양소가 모두 들어 있습니다. 영양 과잉으로 몸에 독소가 쌓였다면 식단을 간소화해보세요. 현미밥과 된장국만으로도 충분한 한 끼가 됩니다.

코코넛 오일, 설탕, 밀가루로 만드는 쿠키

저는 어렸을 때부터 과자를 무척 좋아해 충치도 많이 생기고 피부도 나빠졌습니다. 지금도 과자를 먹으면 그 다음날 뽀루지가 올라옵니다. 과자는 원형을 알아볼 수 없는 고도로 가공된 식품이에요. 설탕이나 팜유의 위험성을 알게 된 뒤로는 과자를 절제하려고 노력하지만 생리 기간이 되면 자꾸 단 음식이 당깁니다. 어차피 먹을 거라면 직접 만들어 유해 성분을 최대한 줄여보기로 했습니다.

이왕이면 비건 쿠키가 낫겠지요. 비건 쿠키는 재료가 단순하여 금방 만들 수 있습니다. 우유, 달걀, 버터 없이 쿠키를 만들 수 있냐고요? 그럼요. 가능합니다.

비밀은 코코넛 오일에 있는데요. 이 오일이 버터를 대신하여 풍미를 내고 밀가루를 뭉치게 합니다. 코코넛 오일은 실온에 보관하는데 보통 하얗게 굳어 있습니다. 사용할 때마다 수저로 덜어낸 후 냄비에 녹이면 됩니다.

설탕은 비정제 설탕이 좋습니다. 비정제 설탕은 사탕수수를 정제하지 않고 그대로 만든 천연 당입니다. 그래서 미네랄이랑 영양분이 풍부하답니다. 우리가 흔히 사용하는 하얀 설탕은 화학적 정제 과정을 거치는 과정에서 영양가가 손실됩니다. 쌀에 비유한다면 비정제 설탕은 현미, 백설탕은 백미로 분류할 수 있겠네요.

자 그럼 10개 분량의 쿠키를 만들어볼까요? 재료는 유기농 밀가루 200g, 비정제 설탕 50g, 코코넛 오일 50g(밥숟가락으로 듬뿍 세 스푼), 물 혹은 두유 50ml입니다. 저는 정확하게 계량하지 않고 믹싱볼에 눈대중으로 대충 넣곤 합니다.

먼저 냄비에 코코넛 오일과 설탕을 넣고 약불에 살살 녹입니다. 밀가루와 녹인 액체를 섞습니다. 물도 조금씩 넣어 반죽 농도를 조절합니다. 재료를 모두 뭉쳐 반죽합니다. 반죽을 안경 알만큼 떼어 동글납작하게 만든 후 팬에 올려놓습니다. 예열된 오븐에서

180도로 25분 구우면 됩니다.

밖으로 꺼내 충분히 식힌 후 드셔보세요. 코코넛 오일 덕분에 쿠키가 샤브레처럼 부드러우면서도 깊은 맛이 납니다. 설탕이 들어가니 달콤하고요. 저는 물 대신 수동 기구로 내린 에스프레소 한 잔(30ml)을 반죽에 섞기도 하는데요. 쿠키에서 은은한 커피 향이 나는 커피 쿠키가 된답니다. 홍차를 진하게 우려 섞어보세요. 홍차 쿠키가 됩니다. 레몬즙을 짜서 넣어보세요. 레몬 쿠키가 됩니다. 세 가지 재료를 기본으로 하고 나머지 재료는 원하시는 대로 넣으면 됩니다. 견과를 넣으셔도 좋고 초코 칩을 넣으셔도 됩니다. 중요한 건 아무것도 넣지 않아도 충분히 맛있는 쿠키를 만들 수 있다는 겁니다. 놀라운 일이죠.

비건 아이스크림 만드는 법도 알려드릴게요. 시판되는 아이스크림 성분을 보면 첨가물이 어마어마하게 적혀 있습니다. 맛은 있지만 먹으면 먹을수록 몸은 무거워지고 건강은 나빠지죠. 코코넛 오일, 잘 익은 아보카도, 코코아 가루만 있으면 순식간에 아이스크림을 만들 수 있어요.

아보카도 한 개, 코코넛 오일 50ml(밥숟가락으로 듬뿍 세 스푼), 코코아 가루 20g을 믹서 또는 블렌더로 위잉 섞어주세요. 재료가 잘 섞이면 빈 통에 넣어 냉

장고에 보관한 후 드시면 됩니다. 초콜릿 무스나 생크림처럼 부드러운 식감을 느낄 수 있습니다.

대파와 양파만 충분히 볶으면 된다

저는 먹는 걸 좋아해서 새로운 음식을 맛보면 무슨 재료로 그러한 맛을 냈는지 궁금해지곤 합니다. 시장 구경하는 것도 재미있고 다양한 식재료로 요리하는 걸 즐기기도 합니다. 10년 넘게 요리를 하며 깨달은 게 하나 있는데요. 가장 좋은 음식은 신선한 재료를 되도록 가공하지 않고 조리한 것입니다. 떡보다는 밥이 낫고 두부보다는 콩이 나은 것처럼요.

최소한의 양념으로 최대의 맛을 내기 원하시나요? 요리할 때 대파와 양파를 먼저 볶아보세요. 대파에서 나오는 파 기름과 양파에서 나온 달콤한 진액이 양념 역할을 하여 맛의 품격을 높여주거든요. 대부분의 볶

음 요리에는 대파와 양파가 들어갑니다. 재료가 없다면 둘 중 하나만 넣고 볶아도 되요.

여기서 중요한 건 충분한 시간 동안 달달 볶기입니다. 우선 팬에 기름을 두르고 예열한 후 불을 중약으로 놓습니다. 그리고 채 썬 양파와 대파를 넣고 볶아줍니다. 가끔 휘저어주면 되니 볶는 동안 설거지도 하고 다른 반찬도 꺼내놓으세요. 몇 분 지나면 대파와 양파 색이 노릇노릇 변하기 시작합니다. 자 이제 거의 다 왔네요. 인내심을 갖고 좀 더 볶아줍니다. 이제 팬에서 무척 맛있는 냄새가 나기 시작합니다. 양파는 연한 갈색으로 변했고 대파도 잘 구워졌네요.

이제 원하는 재료를 넣어 반찬을 만들면 됩니다. 느타리, 양송이, 새송이, 팽이 버섯을 넣고 중불에 5분 정도 볶은 후 소금, 후추를 뿌리면 버섯볶음이 완성됩니다. 잘게 채썬 애호박이나 당근을 넣고 볶은 후 소금 후추를 뿌리면 애호박이나 당근볶음이 완성되고요. 넣을 재료가 하나도 없다면 그냥 잘 볶은 양파 대파에 소금, 후추만 뿌려주세요. 끝내주는 양파볶음이 완성됩니다. 떡볶이를 만들 때도 먼저 대파와 양파를 볶은 후 채수와 각종 야채를 넣고 끓이면 훨씬 맛있답니다.

팬 얘기가 나와서 말인데요. 스테인리스 프라이팬

써보셨나요? 저는 사용한 지 4년이 되었는데, 아직 써보지 않으셨다면 꼭 권해드리고 싶어요. 일반 프라이팬은 보통 불소 수지 코팅제 '테플론'이 코팅되어 있는데요, 이 코팅제는 사실은 'PFOA'라는 독성 물질입니다. 일반 프라이팬은 테플론의 유해성 때문에 논란이 많이 있습니다. 바닥 코팅이 긁히면 독성 물질이 나오기 때문에 팬을 자주 갈아주어야 되고, 코팅 팬에 눌어붙은 기름 찌꺼기도 완벽하게 제거되지 않지요. 스테인리스 프라이팬은 이 모든 문제를 해결합니다.

코팅이 벗겨질 염려가 없으니 평생 사용 가능하고요, 일반 팬보다 기름도 오래 머금고 있기에 기름을 조금만 넣어도 됩니다. 바닥이 눌어붙었을 땐 팬에 물을 부어 몇 시간 불린 후 수세미로 닦아내면 됩니다. 한 달에 한 번은 팬에 물을 붓고 베이킹소다를 풀어 5분 끓인 후 식혀 수세미로 닦아주세요. 얼룩덜룩 기름으로 착색되었던 프라이팬이 새 프라이팬처럼 개끗해집니다..

이렇게 좋은 걸 왜 쓰지 않느냐고 주위에 물어보면 사용하는 게 까다로워서라고 대답하는데요. 오해입니다. 전혀 그렇지 않아요. 사용할 때 딱 하나만 주의하면 됩니다. 예열! 불을 켠 후 중불에 프라이팬을 올려놓습니다. 그리고 그냥 놔두세요. 2분 정도요. 그동안

재료를 다듬거나 냉장고에서 반찬을 꺼내세요. 그 후 기름을 살짝 두른 후 10초 정도 놔두세요. 프라이팬을 한 바퀴 돌렸을 때 기름이 물결치듯 층층이 보인다면 예열이 잘 된 것입니다.

이제 불을 살짝 줄이고 뭐든 넣으면 됩니다. 달걀을 넣어도 되고 마늘을 넣어도 되고 양파를 넣어도 됩니다. 재료를 넣었을 때 팬에 재료가 눌어붙는다면 예열이 덜 된 것입니다. 예열만 충분히 한다면 평생 깨끗한 프라이팬을 쓸 수 있습니다. 스테인리스 팬을 설거지할 때마다 기분은 또 얼마나 말끔해지는지요.

무엇이든 오븐에 넣어보세요

제가 오븐에 관심을 가지게 된 건 외국인 친구 때문이었어요. 친구랑 이런저런 얘기를 하는 중에 자기는 매일 오븐을 사용한다는 거예요. 깜짝 놀라 오븐을 사용할 일이 뭐가 있냐고 묻자, 오븐에 호박도 굽고, 고기도 굽고, 온갖 재료를 다 넣는대요. 마침 저도 제과 제빵을 배우려 할 때라 그럼 빵이나 만들어 구워볼까 싶어 구입했는데요. 어느새 저도 그 친구처럼 매일 오븐을 사용하게 되었답니다.

작은 가정용 오븐을 샀는데 10년이 넘은 지금까지 잘 쓰고 있습니다. 낡고 얼룩덜룩해진 오븐을 보고 있으면 옛날 어르신들이 쓰던 아궁이 같다는 생각이 듭

니다. 오븐은 정말 굉장한 존재예요. 오븐은 부엌에서 스테인리스 프라이팬, 무쇠 냄비와 더불어 최고의 위치를 차지하고 있는데요. 뭐든지 오븐에 들어가면 다 맛있게 변하거든요.

맛없는 고구마가 있으신가요? 통째로 오븐에 넣으세요. 단호박 찌는 게 귀찮으신가요? 반으로 갈라 호박씨만 제거한 후 통째로 오븐에 넣으세요. 가지를 싫어하세요? 오븐 팬에 가지를 얇게 저며 올린 후 올리브 오일과 발사믹 소스를 뿌려 오븐에 넣으세요. 감자튀김을 좋아하시나요? 감자를 웨지 형태로 잘라 소금과 올리브 오일을 뿌린 후 오븐에 넣으세요. 통마늘, 통양파, 미니 양배추도 오븐에 넣으면 단맛이 넘쳐납니다. 먹다 남은 빵(심지어 눅눅해진 붕어빵도)도 오븐에 살짝 구우면 바삭함이 다시 살아나죠.

흔한 견과류도 오븐에 한 번 구우면 고소함이 두 배로 상승하기 때문에 남편 간식이나 지인 선물로 자주 만드는데요. 쉬우니 한 번 따라해보세요. 우선 다양한 생견과를 조금씩 팬에 깔아주세요. 마카다미아, 아몬드, 호두, 캐슈너트, 피칸 등이요. 180도로 예열한 오븐에 20분을 맞춘 후 팬을 넣어줍니다. 10분은 그냥 놔두고, 10분 후부터는 2분에 한번 오븐을 열어 수저로 견과를 뒤적거려 줍니다. 이때부터는 견과가

조금씩 갈색으로 변하니 잘 보고 적당히 구워졌을 때 꺼내면 됩니다. 총 시간은 20분 정도면 적당해요 이때 한눈을 팔면 견과가 순식간에 타버리는 수가 있으니 주의해야 되요. 다 구운 견과는 식힌 후 밀폐 용기에 넣어 보관하면 됩니다. 오븐에 구운 견과를 한 번 먹어보면 다음부터는 일반 견과엔 손이 가지 않아요.

라따뚜이라는 채소 스튜도 오븐만 있으면 간단하게 만들 수 있습니다. 냉장고 안에 있는 온갖 야채를 얇게 슬라이스 해서 오븐 전용 용기에 켜켜이 깔아 주세요. 그 위에 토마토소스를 얹고 치즈 가루를 솔솔 뿌린 후 오븐에 넣어 200도로 40분 구우면 됩니다. 치즈를 넣지 않거나 치즈 대용으로 쓰이는 뉴트리셔널 이스트를 뿌려도 맛있습니다. 야채를 구운 게 맞나 싶을 정도로 맛이 달라져 있을 겁니다. 토마토 소스가 없다면 모듬야채구이를 만들면 됩니다. 감자, 당근, 가지, 파프리카, 느타리버섯, 마늘 등 갖가지 야채를 편편하게 썰어 소금과 올리브유를 두르고 200도에서 30분 구우면 완성입니다.

오븐도 스테인리스 프라이팬처럼 예열이 중요해요. 재료를 넣기 전 딱 5분만 예열을 해준다면 재료가 일정한 온도에서 익게 되니 훨씬 맛이 안정적으로 되겠지요.

냉장고에서 대파 2주 동안 싱싱하게 보관하기

앞서 말씀드렸듯 대파는 요리를 맛있게 해주는 필수 재료인데요. 저는 대파 뿌리를 화분에 꽃처럼 심어 자라나면 조금씩 잘라 먹습니다. 유리병에 물을 넣고 대파를 키우기도 하고요(물은 아침 저녁으로 갈아주세요). 하지만 대파 자라는 속도가 먹는 양을 따라가지 못해 대파를 가끔 구입하기도 합니다.

많은 분들이 대파가 금방 시드는 걸 걱정하여 대파 한 단을 사면 칼로 쫑쫑 썰어 냉동실에 보관합니다. 대파를 손질해서 냉동실에 넣는 게 귀찮아 대파를 사지 않는다는 지인도 있고요. 냉동실에서 꽁꽁 언 잘린 대파를 꺼내 요리하는 것과 냉장실에서 바로 꺼내 쫑

쫑 썰어 넣는 대파 맛은 큰 차이가 있어요.

저도 대파를 신선하게 보관하기 위해 애를 썼는데 보통 1주일만 지나면 잎 부분이 시들기 시작하더라고요. 그러다 어디선가 글을 읽다 힌트를 얻었어요. 모든 식물은 자신이 자란 그대로의 상태를 유지하고 싶어한다는 문장이었는데요. 예를 들어 당근을 세워두면 더 오랫동안 보관이 가능하다는 거예요. 그렇다면 대파도 냉장고에 세워 보관하면 싱싱함이 더 오래가지 않을까요? 시중에 파는 대파 통은 보통 기다란 직사각형 통에 대파를 눕혀 보관하는 형태거든요. 파스타 보관 용기인 길쭉한 유리병을 대파 보관 통으로 사용해보기로 했어요. 결과는요? 대성공입니다.

대파 한 단을 사면 우선 뿌리까지 깨끗이 씻어요. 무농약이나 유기농 야채가 일반 야채보다 신선도가 오래갑니다. 물기를 탈탈 턴 후 대파를 반으로 뚝 잘라줍니다. 유리병 길이가 대파만큼 길지는 않으니까요. 초록색 잎 부분과 흰색 밑 부분으로 나뉠 거예요. 이제 유리병에 세워 담아주면 됩니다. 뿌리가 달린 밑 부분을 먼저 넣고 잎 부분을 사이사이 끼워 넣어요. 뚜껑을 덮고 냉장고에 세워 보관하면 돼요. 2주 동안 싱싱한 대파를 맛보실 수 있습니다. 뿌리가 있는 대파 부분은 그새 자라 자꾸 뚜껑을 밀고 올라오기까지 합

니다. 냉장고 안에 있는데도 말이지요. 생명력이 놀랍습니다.

마늘은 어떻게 보관하시나요? 마늘도 곱게 다진 후 냉동실에 넣으시나요? 이젠 플라스틱 통에 깐 마늘을 통째로 넣어보세요. 요리할 때마다 꺼내 1분 정도 녹인 후 칼로 다지면 됩니다. 청양고추도 통째로 얼린 후 하나씩 꺼내 잘라 쓰면 되고요. 식물을 수확한 상태 그대로 보존할 뿐인데 맛도 좋고 살림도 간편해지니 참 좋습니다.

설탕이나 올리고당 대신 조청을 넣어요

　작은 주사위 모양의 하얀 각설탕 한 알을 떠올려보
세요. 이제 각설탕 9개가 한 줄로 나란히 줄지어 있는
모습을 상상해보세요. 우리가 마시는 250ml 작은 코
카콜라 한 캔에 들어가는 설탕 분량(27g)입니다. 한번
에 ABC 초콜릿 9개를 먹는 것과 같은 양입니다. 농담
같지요? 저도 처음 그 말을 들었을 때 말도 안 된다고
생각했어요. 뭐야, 탄산음료에 설탕이 그렇게 많이 들
어간다고? 충격을 받아 평소 즐겨 마셨던 한 음료수의
성분 표를 확인해봤는데요. 무려 48g이 들어 있었습
니다. 알고나니 다음부터는 마시지 못하겠더라고요.
각설탕 하나는 3g입니다.

작은 사이즈의 음료나 과자는 당이 얼마나 들었는지 쉽게 알 수 있지만 대용량은 한 번 더 계산을 해봐야 합니다. 1.5L 사이다 한 병의 영양 성분을 보면 당류 16g이라고 적혀 있을 거예요. 어라, 이건 생각보다 당이 별로 안 들었네 생각할지도 모르겠어요. 하지만 잘 살펴보면 그건 1회 제공량의 당 함량을 표시한 거예요. 1회 제공량에 200ml다, 라고 표시를 해놓았으니 16g × 8을 해야 됩니다. 그렇다면 총당류는 128g이네요. 43개의 각설탕이 1.5L 음료수에 녹아 있는 겁니다. 우리 눈에 보이지 않을 뿐이지요.

누군가는 그러더라고요. 흰 우유에는 설탕이 안 들었잖아. 영국 요리사 제이미 올리버가 테드 강연에서 우유에 들어 있는 설탕의 양을 알려주려고 각설탕을 쏟아부었던 퍼포먼스가 떠오르네요. 900ml 우유 한 통에는 40g의 당이 들어 있습니다. 식빵엔 설탕이 안 들어갈까요? 단맛이 없는 식빵 한 봉지에도 평균적으로 설탕 24g이 들어갑니다. 한 조각에 각설탕 하나가 들어 있는 거지요. 제과 제빵을 공부해보신 분들은 잘 아실 거예요. 조리법대로 빵이나 쿠키를 만들려면 얼마나 많은 설탕이 들어가는지요. 차마 정량대로 넣기 무서울 정도로 많은 양입니다.

요즘은 음료나 과자에 설탕 대신 액상과당이라는

것을 넣는데요. 액상과당은 고과당, 옥수수 시럽, 과당, 콘시럽, 요리당 등 다양한 이름으로 불립니다. 설탕은 몸 안에서 단당류로 분해되는 과정이라도 거치지만 액상 과당은 그대로 체내에 흡수되기 때문에 인슐린 분비가 제대로 되지 않으니 주의해야 합니다. 저는 집에서만이라도 설탕 없이 요리를 하려 노력합니다. 하지만 떡볶이처럼 꼭 단맛을 내야 할 경우는 우리 쌀로 만든 조청을 넣습니다. 조청은 설탕보다 깊은 단맛을 끌어내고 설탕처럼 단순 당이 아닌 복합 당이라 그나마 낫습니다. 복합 당은 소화가 되기까지 시간이 오래 걸리기 때문에 혈당이 천천히 상승하고, 인슐린의 분비도 안정적이어서 몸에 무리가 가지 않습니다.

레몬청을 담그거나 쿠키를 만들 때는 설탕을 조리법의 3분의 1만큼만 넣는데도 충분히 단맛이 납니다. 설탕은 먹으면 먹을수록 중독이 됩니다. 단맛이 익숙해지면 그 다음엔 좀 더 강한 단맛을 찾게 되지요. 음료수 한 잔을 마실 때에도 의식적으로 생각해보세요. 음료수가 아니라 설탕물이라고 하는 게 맞습니다. 목이 마를 땐 물을 마시는 게 가장 좋아요. 세상에 하나밖에 없는 내 몸의 건강을 위해서요.

2. 우리 집엔 아무것도 없는데요

가전제품을 세어보았다

《소유냐 존재냐》의 저자 에리히 프롬은 이렇게 말했습니다. "책상 하나와 의자 하나와 과일 한 접시, 그리고 바이올린. 행복해지기 위해 무엇이 더 필요한가?" 무엇이 더 필요하냐고요? 한 번 세어보겠습니다. 냉장고, 세탁기, 오디오, 오븐, 제습기, 선풍기, 에어컨, 다리미, 드라이기, 실링기, 핸드 믹서, 비데, 태블릿, 핸드폰 2, 노트북 2. 2인 가정인 저희 집에는 총17개의 가전제품이 있습니다. 적고 보니 많네요. 행복을 위한다기보다는 생활의 편리를 위해 구입한 제품이 대부분이죠.

초등학생 때 아빠가 저와 동생을 가나안 농군학교

로 수련회를 보낸 적이 있는데요. '작은 물건이라도 아껴 쓰고 성실하게 일하고 이웃을 도우라.'는 내용의 강의였을 거라고 추측합니다. 유일하게 기억나는 건 치약 하나라도 끝까지 다 짜서 써야 한다는 문장입니다. 며칠 간의 교육이 저한테 얼마큼 큰 영향을 끼쳤는지는 잘 모르겠어요. 하지만 분명히 다 쓴 것 같은데 힘껏 짜면 또 나오는 치약을 볼 때마다 그 말이 떠올라요.

청교도나 아미시*처럼 살 수는 없지만 스스로 할 수 있는 게 많아질수록 기분은 더 좋아집니다. 전자 제품보다 아날로그 방식에 자꾸 마음이 끌리는 건 왜일까요. 커피 머신보다 직접 원두를 갈아 핸드드립하거나 에스프레소를 내리는 게 좋습니다. 청소기보다 밀대를 밀며 바닥을 쓸고 닦는 게 즐겁습니다. 세탁기보다 손빨래 하는 게 마음이 놓입니다. 옷을 손으로 빨고 탈수만 세탁기로 하면 옷 수명이 훨씬 늘어납니다. 기계에 의존하지 않고 스스로의 노동만으로 무언가를 할 수 있다는 게 만족스럽습니다. 열악한 환경에 처하거나 외딴 지역에 가서 살게 되더라도 지금의 삶

*아미시 : 전화, 자동차, 컴퓨터, 전기 등 현대 문명을 거부하고 직접 농사를 짓고 물레를 돌리는 등 자급자족하며 살아가는 공동체.

과 별로 달라질 것이 없을 거라는 생각이 듭니다. 내 몸만 있으면 되니 기동성이 좋아져 어디서 거주하든 금방 적응할 수 있기 때문입니다. 전자 제품이 하나도 없더라도 문제없이 살아갈 수 있다고 생각하면 삶에 대한 자신감이 생깁니다.

하지만 이와는 별개로 저 역시 다양한 전자 제품을 사용하고 있었는데요. 별생각 없이 쓰고 있던 전자 제품을 되돌아본 계기는 《전기 없이 우아하게》라는 책 때문이었어요. 기자였던 사이토 겐이치로는 2011년 후쿠시마 원전 사고 이후 전기에 의존하지 않는 삶을 살기로 결심합니다.

겐이치로는 에어컨, 청소기, 냉장고를 비롯한 대부분의 전자 제품을 줄여나가며 그것 없이도 충분히 살 수 있다는 사실을 깨닫습니다. "5암페어 생활은 견디고 참으면서 돈을 극도로 절약하는 빈곤 생활이 아닙니다. 에너지를 사용하지 않고 얼마나 쾌적하고 즐겁게 생활할 수 있는가에 도전하는 것입니다." 5암페어는 핸드폰 기본 요금처럼 가정에서 신청할 수 있는 최소 기본 전류량 단위입니다. 냉장고와 세탁기만 겨우 동시에 사용할 수 있는 전력으로만 생활하는 거지요. 만약 세탁기를 돌리면서 선풍기를 튼다면 두꺼비집이 내려가버리는 식입니다.

만약 전기가 다 끊긴다면 우리 일상은 지금처럼 유지될 수 있을까요? 전자 제품이 하나도 없어도 우리는 잘 살아갈 수 있을까요? 그동안 우리는 너무 많은 전자 제품에 의존하고 살아온 건 아닐까요? 기계를 최소한으로 이용하고 스스로의 노동으로 해결할 수 있는 게 많아질수록 즐거움은 커집니다. 마지못해 하는 것이 아니라 적극적으로 참여하고 싶은 노동으로 변하게 됩니다.

아이가 세 명인 지인은 건조기와 반찬 가게가 자신을 구했다고 농담처럼 얘기하곤 하는데요. 만약 제게도 아이가 있고 직장 생활을 하면서 동시에 살림까지 꾸려나가야 한다면 빨래와 청소는 기계에 맡기고 저만의 시간을 확보하기 위해 노력했을 것입니다. 나이가 들어 팔 힘이 약해지거나 관절이 나빠지면 저희 엄마 말처럼 쓸데없이 사서 고생하는 대신 기계를 사용하는 일이 많아지겠지요.

하지만 지금 저는 튼튼한 편이고 제가 하는 일은 주로 정신적인 것이라 집안일을 하거나 음식을 만들 때에는 직접 몸을 쓰며 노동을 하는 것이 머리를 쉬게 하고 생각을 정리하는 데 도움이 됩니다. 몸을 움직여 집안 구석구석을 살피다보면 기계에 통제받는 것이 아닌 주체적으로 삶을 이끌어간다는 생각이 듭니다.

마지못해 하는 것이 아니라 즐겁게 참여하는 노동이기에 매일 반복되는 일들이 마음을 닦아내는 과정처럼 느껴집니다.

전기 요금을 줄여봅시다

전자 제품은 한번 구매하면 오래 쓰는 물건이지요. 그러니 구입하기 전 에너지 효율이 1등급 제품인지 꼭 확인해주세요. 사소한 것처럼 보이지만 그 제품이 일 년 내내 전기가 꽂혀 있는 냉장고라면 어떨까요? 구입하기 전에는 그 제품이 정말 필요한지 몇 번이고 고민해보세요.

저희 집 안방에는 작은 에어컨이 한 대 있는데요. 거실과 다른 방에는 없기 때문에 여름에 고생을 해야 되는 시기가 있습니다. 무더위가 절정을 이루는 딱 2주 동안이지요. 14일 정도는 너무 더워 티 테이블을 안방에 두고 거기서 저녁을 먹기도 합니다. 하지만

365일 중 14일을·시원하게 보내려고 에어컨을 구입하는 게 아깝다는 생각이 들어요. 정말 에어컨을 살 돈이 없다기보다는 전자 제품을 더 이상 사고 싶지 않은 마음이 더 큽니다. 그래서 더울 땐 그냥 참고 지내보는 거죠.

지인이 남는 공기청정기 하나를 준 적이 있어요. 매일 물걸레질을 하고, 식물 많고, 물건 적고, 아이 없으니 먼지가 적을 거라는 생각은 하고 있었습니다. 확인해보니 미세 먼지가 최악인 날에도 저희 집은 가동한 지 10초 만에 맑음 표시가 뜨더라고요. 몇 번 사용 후 저희에겐 필요가 없어 다른 분께 나눔하였습니다. 아파트 관리비 명세서를 보면 제일 앞에 보이는 것이 '우리 집 에너지 소비 현황'입니다. 온도계로 -60부터 +60까지 표시가 되어 있어요. 에너지 소비량은 단지 내 동일 면적 세대의 전기 사용량만을 기준으로 작성되는데요. 저희 집은 평균적으로 50% 적게 사용합니다. 전기 보장 공제 감면 혜택으로 항상 4000원이 할인됩니다. 수도 역시 50% 정도 덜 사용한다고 나오네요.

전기를 아끼는 방법은 가전제품 사용 빈도를 줄이는 것이 가장 좋습니다. 둘째로는 대기 전력(전원을 꺼둔 상태에서도 전기 제품이 자체적으로 소비되는

전력)을 줄이는 겁니다. 대기 전력 소비 제품은 전원 버튼 모양을 보면 쉽게 확인할 수 있습니다. 대기 전력이 없는 제품은 동그라미 안쪽 중앙에 작대기 하나가 서 있습니다. 대기 전력이 있는 제품은 동그라미 윗부분에 작대기 하나가 삐죽 튀어나와 있습니다. TV, 컴퓨터, 전자레인지, 오디오, 홈시어터, 세탁기, 셋톱 박스, 스탠드 에어컨, 유무선 공유기, 보일러 등을 살펴보세요.

대기 전력이 흐르는 제품이라면 대기 전략 차단 멀티탭을 달아주면 좋습니다. 물론 제품을 사용 후 플러그를 뽑으면 되지만, 이게 생각보다 꽤 귀찮거든요. 플러그를 자주 꽂았다 뺐다 하면 콘센트 부분이 망가질 수도 있습니다. 그래서 전 자주 쓰는 오븐과 일주일에 한두 번 사용하는 세탁기에 부착하였습니다. 세탁기 같은 기계는 사용 시간보다 대기 시간이 훨씬 많으니 달아두는 게 좋겠지요. 멀티탭을 달면 사용할 때만 스위치를 켰다 끌 수 있어 편합니다. 자주 사용하지 않는 전자 제품에 멀티탭을 꽂아 대기 전력을 줄여보세요. 대기 전력을 아낀다고 전기 소모를 얼마나 줄일 수 있냐고요? 가정 전력 사용량의 약 10%가 대기 전력으로 소비된다고 합니다.

물건이 적을수록 삶이 편해진다

어느 날 '우리 집엔 아무것도 없어' 라는 일본 드라마를 보게 되었습니다. 주인공인 마이가 자기 방의 물건을 정리하고, 살림살이를 조금씩 줄여가며 사는 이야기인데요. 주인공이 물건이 전혀 없는 넓은 거실을 밀대 걸레로 쓱쓱 밀며 청소하는 장면을 보며 신선한 충격을 받았습니다. 방 안에 물건이 꼭 채워져 있어야만 하는 건 아니구나. 아무것도 없는 공간은 비어 있음으로 인해 아름다울 수 있구나.

그때가 결혼 5년차, 이사를 1년 앞두고 있던 어느 날이었습니다. 저는 어렸을 때부터 정리와 청소를 좋아했어요. 결혼 후에도 항상 집안을 잘 정돈하였고 작

은 공간이라도 아름답게 꾸미려고 노력하였습니다. 지인들은 저희 집에 올 때마다 어쩜 이렇게 예쁘게 사느냐며 감탄했어요. 건물 외부는 허물어지기 일보 직전인 10평짜리 빌라인데, 내부는 정성 들여 가구를 배치하고 정리를 했으니 그럴 만도 했지요. 하지만 드라마를 본 후 집을 둘러보니 벽에 걸린 자질구레한 장식품들이 너무 많더군요. 옷장과 수납함에는 각종 물건들이 꼭꼭 숨겨져 있었고요. 책장에는 책과 CD들이 또 얼마나 많던지요. 전 단지 수납과 정리를 남들보다 잘했던 것이었습니다.

그때부터 물건을 하나하나 점검하기 시작했어요. 이 물건이 나에게 꼭 필요한 물건인가? 이 물건이 다른 용도로도 쓰일 수 있을까? 이 물건은 사용하기에 편리한가? 이 물건은 오래 쓸 수 있을 정도로 튼튼한가? 이 물건을 어디에 놓을 것인가? 더 이상 필요하지 않은 건 중고나라에 팔고, 친구에게 나누고, 아름다운 가게에 기부하였습니다.

정리하다보면 구매했던 비용이 아까워 처분하기 힘든 물건들이 있습니다. 추억이 담긴 물건들도 정리가 힘들지요. 이건 버려야지 했던 물건도 막상 버리려 하면 이런 저런 용도로 쓸 수 있지 않을까 하며 갑자기 창의적인 생각이 떠오르기도 합니다. 왜 이렇게 쓸

데없는 물건들을 구매했을까 탄식이 나오기도 합니다. 정리하다 지쳐 다 때려치우고 싶은 마음도 들고요. 회한, 분노, 낙심, 절망, 우울 등의 감정을 받아들이며 조금씩 짐을 줄여나갔습니다.

그리고 일 년 후 1.5톤 트럭 한 대로 이사를 하였습니다(소파, 침대는 이사 후 구입). 서울에서 경기도 안양까지 이사 비용으로 30만 원이 들었네요. 지금 저는 새로 이사한 집에서 3년째 살고 있습니다. 가구는 침대, 전신 거울, 3인용 소파, 책장, 4인용 식탁, 티 테이블, 협탁, 의자 6개가 전부입니다. 작은방과 안방에 작은 붙박이장이 있어 옷장이 따로 필요없습니다.

예전에 살던 집보다 방 크기가 거의 세 배로 늘어났는데 살림은 반으로 줄었습니다. 이젠 지인들이 저희 집에 오면 짐은 다 어디에 있냐고 놀랍니다. 그러게요. 그 많은 짐들은 다 어디로 갔을까요? 저는 적은 물건만으로 생활해도 아무 불편함이 없다는 사실이 더 놀랍습니다.

편리를 위해 하나씩 모은 물건이 서랍 가득 있지는 않나요? 거의 사용도 안 하면서 그것들을 쓸고 닦고 하느라 시간을 소비하고 있지는 않나요? 물건이 적을수록 요리와 청소가 쉬워집니다.

기업은 치밀하게 광고를 제작한 후 소비자를 유혹

합니다. 《다른 방식으로 보기》에서 존 버거는 광고를 이렇게 평가합니다. "광고의 목적은 광고를 보는 사람으로 하여금 현재 자신의 삶에 대해 불만을 느끼게 만드는 것이다. 광고 속 제품을 사면 그의 삶이 나아질 것이라고 부추긴다." 회사의 목표는 소비자에게 자극을 주어 물건을 사게 하는 것입니다. 소비자에게 그 상품만이 당신을 행복하게 하고 고통을 덜어준다고 속삭입니다. 하지만 그렇게 갖고 싶던 물건을 사도 며칠만 지나면 행복은 사라집니다. 하루에 우리가 접하는 간접 광고가 수백 개라고 합니다.

정신을 차리지 않으면 주머니는 텅 비고 비슷한 물건은 계속 쌓이게 됩니다. 하나를 구입하면 하나를 버린다는 마음을 가져보세요. 새로 물건을 구입하기 전 그 물건을 대체할 수 있는 게 없을까 찾아보세요. 자질구레한 사은품은 거절해보세요. 최소한의 물건만 남겨보세요.

물건이 적어지면 신기하게 욕심도 그만큼 사라집니다. 저도 미니멀리즘에 관련된 책을 처음 읽었을 때는 이런 말을 믿지 않았습니다. 그런데 가진 소유물이 적어질수록 저도 모를 물욕이 사라지는 걸 경험하게 되었습니다. 물욕이 사라지니 돈을 쓸 일이 많이 줄어들어 마음이 예전보다 가벼워짐을 느낍니다. 소유가

아닌 존재로 살아가는 것이 가능해집니다.

도서관을 자신만의 서재로 만들어보세요

여러 취미 중 하나만 선택하라고 한다면 무엇을 고르시겠어요? 전 산책과 독서를 놓고 진지하게 고민한 후 결국 책읽기를 선택할 것 같아요. 독서를 좋아하니 책을 모으는 것도 좋아했습니다. 그런데 신혼집이 좁아 나중에 다시 읽어보고 싶은 책들만 선별해서 구입하려고 애썼습니다. 하지만 5년 만에 책장에 책이 가득 차버렸습니다. 사지 않으려고 정말 노력했는데 말이지요. 음악 듣는 것을 좋아하여 음반은 또 얼마나 모았는지 몰라요.

짐을 줄이기로 결심하고 책장을 둘러보니 대부분의 책들은 손도 대지 않았더군요. 도서관에서 빌린 책

은 돌려줘야 하니 부지런히 읽었지만 소장한 책은 나중에 천천히 읽어도 된다는 생각에 보관만 하고 있었던 거죠. 도서관에 갈 때마다 책을 잔뜩 빌려오다보니, 책장에 있는 책은 쳐다볼 시간도 없었답니다. 음반 역시 가끔 들었지만 라디오에서 흘러나오는 클래식을 듣는 경우가 더 많아 음반을 수집할 필요가 없었습니다. 그래서 결심했어요. 보관만 했던 책과 음반을 최대한 줄이기로요.

알라딘 중고서점에 들어가 책이나 음반 뒤에 있는 바코드 숫자를 입력하면 매입이 가능한지 확인할 수 있어요. 이건 절대 안 팔 거야, 라고 생각했던 책과 음반들도 많았는데, 그런 건 희한하게 매입도 잘 안 하더라고요. 그래서 '팔리는 건 모두 팔자'로 작전을 바꿔 책과 음반을 정리하였습니다. 말은 이렇게 했지만 이사 갈 때 이삿짐 속에 '이건 절대 안 돼' 했던 책들이 꽤 있었지요. 이사 후에도 여전히 그 책들은 절대 읽지 않고 책장에 고이 보관하다 결국 지인들에게 나눔을 하였습니다. 책과 음반을 처분하고 나니 돈이 꽤 모이더군요. 베트남 비행기 표를 두 장 구입할 수 있을 정도로요. 그래서 남편과 베트남 다낭으로 여행을 다녀왔으니 행복한 결말이지요?

지금 살고 있는 집 근처에 도서관이 두 군데 있는

데요. 각각 도서관까지 걸어가면 5분이 걸립니다. 이사 갈 집을 고를 때 도서관 위치를 중요하게 고려했다면 믿으시려나요. 예전에도 그랬지만 집에 책이 거의 없으니 도서관이 제 책장처럼 느껴집니다. 언제든 마음껏 읽고 싶은 책을 고를 수 있고 빌릴 수 있으니까요.

여러 사람이 함께 사용해서 위생이 걱정된다면 도서관마다 책 소독기가 비치되어 있으니 강력하게 소독 한 번 해주세요. 새 책으로 읽고 싶으시다면 희망 도서를 이용해보세요. 희망 도서는 도서관에 아직 구비되어 있지 않은 신간 책을 신청할 수 있는 제도인데요. 신청 후 몇 주만 기다리면 새 책을 처음으로 받아 읽을 수 있습니다.

제 기록을 살펴보니 2년 동안 70여 권의 희망 도서를 신청하여 50권 정도를 받아보았네요. 20권 정도는 출간이 지연되었거나, 출간한 지 5년 이상 되었거나, 절판된 도서라 취소가 되었어요. 하지만 이런 책들은 도서관에서 정기 도서 구입 시 검토 반영되어 대부분은 구매가 됩니다. 일 년쯤 지나 도서관 소장 자료를 검색해보면 책이 구비된 것을 확인할 수 있습니다. 그러니 집 근처에 도서관이 있다면 내 책장이다 생각하고 마음껏 책을 빌려보세요. 우리 집 서재가 읽지 않

는 책을 보관하는 창고 역할밖에 하지 못한다면 정리
할 때입니다.

집도 사람처럼 숨을 쉽니다

"저 문 닫힌 집을 보거라. 방을 비워놓아야 햇살이 잘 비친다. 좋은 일은 고요한 곳에 머무르는 것이다." 장자에 나오는 글귀입니다.

우리가 사는 집 안은 공기로 가득 차 있어요. 코로 내뿜는 이산화탄소, 밖에서 들어오는 산소, 물건에서 나오는 유해 성분, 요리할 때 생기는 가스 등이 혼합되어 공간을 가득 채우고 있지요. 만약 공기의 흐름이 우리 눈에 보인다면 물건을 다 없애고 창문은 항상 열어놓으실 거예요. 눈에 안 보여 오히려 다행인지도 모르겠습니다.

벽이나 창고 같은 공간에 곰팡이가 생기는 이유는

공기의 흐름이 원활하지 않아서입니다. 물건이 가득 들어 있어 공기가 흐를 수 없는 거죠. 결로로 인한 곰팡이도 있는데 이것은 집을 지을 때 단열을 제대로 하지 않아 생깁니다. 겨울에 실내와 밖의 벽 온도 차이가 10도 이상 나거나 여름에 실내 습도가 너무 높다면 발생할 가능성이 큽니다. 그러므로 집이 오래되었거나 부실하게 지어졌다면 좀 더 환기에 신경을 써 주어야 하겠지요.

우리가 움직일 때마다 먼지가 발생합니다. 공간에 가득 차 있는 공기를 밀고 나아가는 거니까요. 먼지들은 가구 틈새와 물건에 내려앉아 조용히 쌓입니다. 환기를 하려 창문을 열 땐 밖에 있는 공기가 들어와 빠져나갈 수 있도록 양쪽을 열어야 합니다. 자주 환기를 한다고 해도 방 안에 물건이 가득하다면 공기가 물건에 툭툭 부딪치기 때문에 자연스럽게 흐르지 못합니다. 풍수지리적으로도 방 안은 바람에 걸리는 곳이 없어야 좋다고 합니다.

우리 혈관에 흐르는 피를 생각해보세요. 혈관이 깨끗하면 심장에서 나온 피가 부드럽게 몸 안을 돌아다닙니다. 혈관에 지방이 쌓이면 혈관이 좁아지고 피의 흐름이 빨라지며 때론 꽉 막히기까지 합니다. 물건이 빽빽하게 놓여 있다면 서로 공간을 만들어주세요. 물

건은 에너지가 있어 모이면 모일수록 더 뭉치려 하는 것 같습니다. 식탁이나 선반 위에 있는 물건을 생각해보세요. 처음에는 한 두 개만 올려놓았을 뿐인데 어느 순간 다른 물건들로 가득차지 않나요?

벽도 피부처럼 숨을 쉽니다. 하얀 벽은 바라보는 것만으로도 마음이 차분해집니다. 아무것도 붙어 있지 않은 벽은 먼지가 앉을 공간이 없기에 깨끗하게 유지될 수 있습니다. 벽에 무언가가 잔뜩 걸려 있다면 벽이 숨을 쉴 수 있도록 도와주세요. 집 안이 큼직한 가구들로 둘러싸여 있다면 공기가 원활하게 흐를 수 있게 배치를 바꿔보세요. 저희 집엔 작은 방이 두 개 있는데요. 시계와 작은 거울 하나가 걸린 걸 제외하면 두 방 모두 물건이 하나도 없습니다. 신기하게도 빈 방은 공기도 다른 것처럼 느껴져요.

매일 아침 모든 창문을 활짝 열고 밀대로 방을 청소합니다. 텅 비어 있는 방에 들어가면 산속 별장에 온 것 같은 기분이 듭니다. 아무것도 없는 방은 고요한 기운이 서려 있습니다. 좋은 일은 고요한 곳에 머무르듯, 마음이 고요해지면 바쁜 하루를 살면서도 정신을 차리고 살 수 있습니다.

여건이 허락한다면 빈방을 하나 만들어보세요. 빈방은 손님방, 놀이방, 수련실 등 자유자재로 변신이

가능합니다. 빈방이 어렵다면 책상 한 켠이라도 빈 공간을 만들어보세요. 하루에 한 번 빈 공간에 앉아 마음을 편안하게 내려놓아보세요. 공간이 비어 있다면, 물건에 에너지를 빼앗기지 않습니다.

자동차 대신 해외 여행

어릴 때 아빠는 저와 동생을 데리고 일주일에 한 번 중고 서점에 데려갔어요. 집안 형편이 넉넉하지 않아 새 책은 사주지 못하지만 중고 책이라도 마음껏 읽게 하고 싶으셨던 거죠. 저와 동생은 거기서 항상 책을 골랐는데요, 무협지 한 권이 500원이었습니다. 책 몇 권을 품에 안고 책방을 나오면 모든 걸 다 가진 것 같은 기분이 들었어요.

언젠가 서점에서 《데굴데굴 세계 여행》이란 여행 책 시리즈를 발견했는데요. 몇몇 장면들은 지금도 생생할 정도로 수없이 읽은 책입니다. 제천 시골에 살던 초등학생에게 그 책은 세계 여러 나라를 구석구석

보여주었죠. 여행을 좋아하게 된 데에는 분명 그 책이 큰 영향을 끼치지 않았나 싶습니다.

다행히 여행을 좋아하는 남편을 만나 함께 여러 나라와 도시를 다녔습니다. 남편을 처음 만난 장소가 호치민 공항이니 평범한 만남은 아니었죠. 10년 동안 함께 23개의 나라를 여행했습니다. 도시로 따지면 40여 군데 되겠네요.

무슨 돈으로 그렇게 다녔냐고요? 일 년에 몇 차례 여행을 다닐 수 있는 가장 큰 이유는 저희에게 자동차가 없기 때문입니다. 부모님 도움 없이 결혼 생활을 시작했고 남편 혼자 돈을 벌기에 무언가를 하고 싶을 때는 둘 중 하나를 선택해야 하는 경우가 많았어요. 만약 자동차를 굴린다면 보험료, 자동차 값, 기름 값, 수리비 등 일 년에 최소 200만 원이 듭니다. 자동차가 없다면 200만 원을 여행 비용으로 쓸 수 있지요. 자동차와 여행 중 하나를 선택해야 되는 형편이라 저희는 여행을 선택했어요. 명절에 기차표를 예매할 때 애를 먹는 것 외에는 어려움이 없습니다. 서울과 경기도에는 지하철과 버스 노선이 워낙 잘 되어 있잖아요. 차로만 갈 수 있는 멋진 드라이브 코스나 맛집은 쉽게 가지 못하지만 걸어서만 갈 수 있는 굉장한 산책길과 골목 구석구석은 저희 몫이 됩니다.

자동차 없이 사는 걸 신기하게 혹은 이상하게 생각하는 사람들이 의외로 많습니다. 하지만 중요함의 우선 순위는 사람마다 다릅니다. 저희는 더 좋아하는 걸 선택했고요. 모든 걸 가질 수 있는 사람이 몇 명이나 될까요? 여러 선택지 중 하나를 선택해야 한다면, 남들의 시선이 아닌 자신이 정말 하고 싶은 걸 선택해보세요. 온전히 자신을 위해 고른 작은 선택들이 조금씩 쌓이면 삶이 단단해집니다. 정말 하고 싶은 걸 선택했다면 꾸준히 시도해보세요.

전 항상 여행을 다녀오면 몇 달 지나지 않아 또 떠나고 싶은 마음이 들었어요. 욕심이 끝도 없었죠. 그런데 몇 년 전 뉴욕과 샌프란시스코를 여행한 후 돌아오는 비행기에서 갑자기 이런 생각이 들었습니다. 이만하면 충분하다. 그때 깨달았어요. 원하는 게 어느 정도 충족이 되면 욕망을 내려놓을 수 있다는 걸요. 그러니 무언가를 선택한 후 충분히 도전해보세요. 공부든 취미든 충분히 오랫동안 지속한다면 만족을 느낄 때가 옵니다. 결과는 기대했던 것과 다를지 몰라도 도전한 시간이 모여 어느새 견고해진 자신을 발견할 수 있을 거예요.

100권의 경제 책을 읽으면 새로운 길이 보인다

　결혼할 당시 저와 남자친구는 서로 다른 지방에 살고 있었어요. 남자친구가 서울에서 직장을 구할 테니 서울로 가서 살자고 하더군요. 우리는 의논 끝에 직장을 옮기면 오래 여행하는 건 힘들 테니 여행을 다녀오자고 합의했어요. 그리고 결혼을 앞두고 세 달 동안 배낭을 메고 유럽 여행을 다녀왔습니다. 신혼집을 구하려고 보니 남편에게는 2000만 원, 저에게는 1000만 원이 남았더라고요. 여행하느라 모아놓았던 돈을 거의 다 쓴 거죠. 하지만 전혀 후회하지는 않았습니다.

　양가 부모님 형편도 어려웠기에 2000만 원으로 집을 구해보기로 했어요. 30년이 넘은 10평짜리 빌라 1

층을 발견했는데, 전세가 5500만 원이었습니다. 그 당시 남편 직장이 광화문에 있었는데 버스를 타면 10분 만에 갈 수 있는 위치라 마음에 들었지요. 인왕산 바로 아래에 위치해 있어 하루 종일 새소리가 들리고 소음이 없는 조용한 집이었습니다. 5분만 걸으면 지하철역도 있어 지리적으로 좋은 위치였는데 재개발 지역이라 가격이 저렴했던 것 같습니다.

2011년에 3500만 원 대출을 받고 1000만 원으로 살림살이를 장만한 후 신혼을 시작했습니다. 그 집에서 만족하며 6년을 살았습니다. 하지만 안방 창문을 열면 담벼락으로 막혀 있어 겨울에 무척 추웠고, 한낮에도 해가 거의 들지 않는 단점이 있었습니다.

그러다 남편 회사가 경기도로 옮기게 되었고 저희도 근처로 이사를 가기로 하였습니다. 서울에서 회사까지 출퇴근만 3시간이 넘게 걸렸거든요. 문제는 집을 구하는 것이었죠. 전 그때까지만 해도 경제 개념이 거의 없었어요. 대학을 졸업하고 타지에서 직장 생활을 할 때 4년이나 비싼 월세를 내며 살았는데요. 그 당시에는 대출을 받아 전세로 사는 게 월세 비용을 내는 것보다 이자가 더 저렴한지 어떤지 따져볼 생각조차 하지 못했어요. 엄마가 종종 저에게 빚지지 말고 살라고 하셨는데 그 말이 늘 맴돌았어요. 그래서 막연하게

대출은 위험한 거라는 생각을 가지고 있었어요. 가진 돈이 별로 없는데 집을 구하려니 막막하더라고요.

그래서 도서관에 갔습니다. 경제에 관한 책을 모조리 읽기 시작했어요. 몇 달 동안 100권도 넘게 읽은 것 같아요. 읽다보니 흐릿했던 미래가 조금씩 선명해지기 시작했어요. 어떻게 돈을 모아야 하는지, 어떤 집을 구해야 하는지, 어떻게 돈을 투자해야 하는지, 어디에 돈을 써야 하는지 개념이 잡혀갔습니다. 신문을 읽을 때도 문화 예술 면만 관심이 있었는데 어느 순간 기업 합병, 유가 하락, 금리 인상, 부동산 분석, 분양 공고 등이 새롭게 보이더라고요.

전 영문학을 전공했는데요. 문학을 공부하며 작은 것에 감사할 줄 아는 마음과 현실에 만족하며 사는 법, 그리고 남과 비교하지 않는 법을 배웠습니다. 평생 마음에 새길 만한 가치이지요. 하지만 문학은 세속적인 것을 살짝 경시하는 경향이 있어요. 문학은 속삭이거든요. 물질적인 것보다 더 소중한 것이 있다고요. 그 말에는 동의하지만 경제적으로 풍요로우면 삶의 질이 더 나아지는 건 부정할 수 없는 것 같아요. 제 경우에는 따뜻한 화장실과 햇볕이 들어오는 집을 갖고 싶다는 소망으로 나타났고요.

경제를 공부하니 자신감이 생겼습니다. 대출을 받

아도 계획을 세워 살림을 꾸리면 대출금을 갚아나갈 수 있겠다는 확신도 들고요. 더 이상 대출받는 게 두렵지 않았습니다.

남편이 회사에서 일을 하는 동안 집을 보러 다녔습니다. 두 달 정도 발품을 판 어느 날 저희가 가진 돈으로 감당할 수 있는 적당한 집을 발견했어요. 회사에 걸어갈 수 있어 교통비가 들지 않고, 내부 수리를 하지 않아도 되는 집이었습니다. 남편에게 전화를 걸어 방금 본 집이 있는데 매매하고 싶다고 했죠. 남편은 잠시 생각하더니 그러라고 했어요. 그 자리에서 혼자 계약서를 작성했고 그 집은 몇 달 후 저희 집이 되었습니다. 만약 남편이 회사를 다른 곳으로 옮길 가능성이 있었다면 집을 구매하지 않았을지도 모릅니다. 하지만 구매한 집에서 10년 이상 살 계획을 세웠고, 위치도 서울과 가까워 집값이 크게 변동하지는 않을 거라 생각하였기에 집을 구매하였습니다.

지금 저는 천국에 살고 있는 기분이에요. 겨울에도 따뜻한 화장실을 사용할 수 있고, 욕조에서 언제든지 반신욕을 할 수 있어요. 베란다와 거실에 식물을 잔뜩 키울 수 있고, 겨울마다 세탁기가 얼면 어쩌지 걱정하지 않아도 됩니다. 그냥 평범한 아파트에 살 뿐인데

열악한 환경에 있다가 이사를 와서 그런지 그렇게 좋을 수가 없어요. 이 집에 산 지도 3년째인데 여전히 매일매일이 감격스럽습니다.

엉덩이가 시리지 않아.
햇살 들어오는 것 좀 봐.
애플민트가 또 자랐네.

만일 제가 경제 책을 읽지 않았더라면 수억짜리 집을 감히 구입하겠다는 상상은 하지 못했을 거예요. 무슨 돈으로 대출금을 갚나 걱정만 하고 있었을 거예요. 집이 생기고 나니 가장 좋은 건 심리적인 안정입니다. 전세금을 올려달라고 하면 어쩌지 걱정하거나 이사를 다니지 않아도 되니까요. 매달 대출금을 갚아나가야 하니 자연스럽게 생활비 절약하는 방법을 연구하게 되고요.

경제 공부는 일찍 시작할수록 좋습니다. 특히 1~2인 가정이거나 수중에 돈이 한 푼도 없다면 더더욱 공부해야 되요. 책을 읽으면 길이 보입니다. 정말 보입니다. 그 길이 쉽지 않을 수는 있지만 분명한 건 낭떠러지를 만났을 때 건너갈 수 있는 방법을 알려줄 수는 있습니다.

고정 비용을 줄여야 한다

　월급을 받는 직장인이라면 매달 수입이 일정하지요. 사업을 하거나 프리랜서로 일한다면 수입이 들쑥날쑥하고요. 특별한 경우가 아닌 이상 한 달 동안 내가 벌 수 있는 돈은 정해져 있어요. 수입을 늘리기 어렵다면 나가는 비용을 줄여야 합니다.

　매달 필수적으로 빠져나가는 비용을 적어보세요. 자동차 보험료, 대출, 기름 값, 핸드폰 요금, 보험료, 관리비, 교육비, 의복비, 식비…… 목록을 다 적은 후 나에게 정말 필요한 항목인지 생각해보세요. 매일 일해야 하는 내 노동 시간과 맞바꿀 만큼 중요한 것일까 점검해보세요.

저는 가계부를 살펴보니 대출, 식비, 헌금 비용이 80%를 차지하더군요. 대출과 헌금은 줄일 수 없는 항목이니 식비를 줄여보기로 했어요. 식비에서 외식이 차지하는 비율이 꽤 높아 외식을 줄이고, 집 밥 비율을 높이려 노력했습니다. 장을 보는 것은 일주일에 한 번 인터넷 쇼핑으로 배송을 시키고, 마트 가는 걸 절제했어요. 달걀, 양배추, 야채, 두부, 고기 등 일주일 동안 주로 소비하는 식재료는 정해져 있기 때문에 필수 품목만 온라인으로 사도 식비를 절약하는 데 큰 도움이 됩니다. 마트에 가면 계획에 없던 식품들을 사게 되거든요. 과일과 구황 작물은 박스로 구입하여 언제든 간식으로 먹을 수 있게 하였습니다.

외식은 한 달 동안 사용 가능한 비용을 책정한 후 최대한 맞춰 쓰려 노력했어요. 외식비를 제한하니 식당을 고를 때 신중해지고 외식할 때마다 감사한 마음이 들었습니다. 장보기와 외식을 줄였을 뿐인데 지출이 확 줄어들었습니다. 1인 가정이나 2인 가정은 의외로 외식비 지출이 많습니다. 장을 본 후 부지런히 만들어 먹지 않으면 식재료가 줄지 않아 결국 버리게 되거든요. 집에서 음식을 해먹는 비용이나 사먹는 비용이나 별 차이가 없기에 외식하는 경우가 잦아집니다. 저도 남편과 가끔 김밥을 만들며 밖에서 사먹는

게 더 저렴한데 우리는 왜 이러고 있을까, 라며 농담을 하곤 합니다. 하지만 집 밥과 식당 밥의 질적 차이가 크다는 걸 알기에 집에서 열심히 김밥을 말게 됩니다. 돈은 잃어버리면 다시 벌 수 있지만 건강은 한 번 잃어버리면 다시 회복하기 쉽지 않습니다.

매달 나가는 고정 비용을 단순화시켜보세요. 지출 구조가 한눈에 확 들어오도록 자잘한 품목들을 합치고 과감히 없애보세요. 그렇게 많은 보험이 꼭 필요할까요? 렌탈료를 내며 물을 꼭 정수기로 마셔야 할까요? 별 생각 없이 자잘하게 지불하고 있던 품목에 질문을 던져보세요. 큰 고정 비용이 몇 갈래로 최소화되면 소비 통제가 쉬워집니다. '디스 이즈 어스'라는 멋진 미국 드라마가 있는데요. 시즌 2의 마지막 회에 이런 내용이 나옵니다. 주인공들이 어려운 상황 앞에서 최악의 경우를 상상하여 서로 이야기합니다. 두려운 일들을 입 밖으로 내뱉으면 기분이 나아진다고 하면서요. 우리가 걱정하는 일들의 대부분은 일어나지 않을 일이지만 한번쯤 최악의 경우를 가정해보는 것이 도움이 될 수 있습니다. 미래에 발생할지도 모를 가장 두려워하는 상황은 무엇인가요? 만약 그런 상황이 닥쳤을 때 나에게 정말 필요한 것은 무엇일까요? 직업을 잃는 것일 수도, 큰 병에 걸리는 것일 수도, 사랑하는

사람과 헤어지는 것일 수도 있습니다. 만약 그런 상황이 닥쳤을 때 나에게 정말 필요한 것은 무엇일까요?

김훈 작가는 《라면을 끓이며》라는 글에서 이렇게 말합니다. "밥에는 대책이 없다. 한 두 끼를 먹어서 되는 일이 아니라, 죽는 날까지 때가 되면 반드시 먹어야 한다. 이것이 밥이다." 살기 위해 밥은 먹어야 합니다. 음식은 반드시 필요하지요. 하지만 옷은 현재 가지고 있는 것만으로도 충분할 수 있습니다. 자동차가 없어도, 화장품을 바르지 않아도, 학원을 가지 않아도 살 수는 있습니다. 삶의 군더더기를 찾았다면 조금씩 가지치기를 해보세요.

그런 후 지금껏 그래왔듯 하루하루를 성실히 살아가면 됩니다. 어느 순간 돈이 조금씩 모입니다. 만 원이 남는다면 만 원짜리 적금을 드세요. 삼만 원이 남는다면 삼만 원짜리 적금을 드세요. 한 번에 십만 원짜리 적금을 드는 건 부담이 되지만 만 원은 쉽게 넣을 수 있습니다. 조금씩 여유가 생길 때마다 적은 금액으로 적금 통장을 만드세요. 만들 때 명칭을 붙여보세요. 2년 뒤 해외 여행 적금, 3년 뒤 아버님 팔순 잔치 적금, 5년 뒤 대학원 등록금 적금 등등 앞으로 목돈이 들어갈 일들을 계획하세요.

씨드 머니(종잣돈)의 힘을 믿어보세요. 만약 직장

에 다니면서 공부를 더 해보고 싶은 소망이 들 때 통장에 50만 원이 들어 있다면, 어떻게 하면 돈을 더 모아 등록금을 낼 수 있을까, 생각하게 됩니다. 그러나 모아둔 돈이 전혀 없다면 아예 시작할 엄두조차 내지 않게 되지요. 사람 심리가 그래요. 어려움이 닥쳐 쓰려졌을 때 눈앞에 작은 돌맹이라도 있다면 다시 딛고 일어설 힘이 납니다. 적은 돈이 보석처럼 귀하게 느껴집니다.

아무것도 사지 않는 날을 정해보세요

"나는 쇼핑한다. 그러므로 존재한다."(I shop therefore I am.) 라는 말 들어보셨나요? 미국의 예술가이자 사진작가인 바바라 크루거가 르네 데카르트의 명제를 살짝 비틀어 사진과 텍스트를 결합하여 만든 작품입니다.

오늘 하루 무엇을 구매하셨나요? 커피 한 잔? 맥주 한 캔? 저는 한 달에 열흘을 무지출 날로 정해놓았습니다. 날짜를 딱 정한 건 아니고 매달 가계부에 10일은 텅 비게 만드는 것이 목표입니다. 그래서 며칠에 한 번, 하루 종일 소비를 하지 않는데(교통비 제외, 직장인은 점심 제외) 이게 말처럼 쉽지 않습니다. 친구

를 만나거나 볼일 때문에 외출하면 아무리 적은 돈이라도 쓰게 됩니다. 집에서 꼼짝 않고 있으면 돈 쓸 일이 없을 거라 생각했는데 그렇지도 않더군. 오늘은 고구마를 다 먹어 주문했는데, 내일은 사과가 떨어져 사야 합니다. 로션도 사야 하고 양말도 필요합니다. 경조사비도 내야 하고 선물도 사야 합니다. 주말에는 외식도 하고, 간식도 사먹느라 돈을 쓰게 됩니다. 심지어 하루에도 몇 번이나 지출할 일이 생깁니다. 그래서 아무것도 사지 않는 날은 주말을 제외한 평일을 공략하는 것이 그나마 쉽습니다. 작은 수첩이나 달력에 매일 지출한 돈을 적어보세요. 한 달만 적어보면 하루에 천 원이라도 쓰지 않는 게 얼마나 어려운지 실감이 될 거예요.

매일 소소하게 돈을 쓰고 있다면 소비가 습관이 되어버린 것일 수도 있습니다. 저 역시 얼마나 자주, 쉽게 카드를 긁고 있는지 인식하지 못했습니다. 보통 하루에 쓰는 비용이 만 원도 안 되니 괜찮다고도 생각했지요. 하지만 '돈 쓰지 않는 날'을 정하고 그에 맞춰 노력하다보니 중요한 건 지출 비용의 많고 적음이 아니었습니다. 무언가를 당장 사고(먹고) 싶지만 내일로 미루거나 사지 않을 의지가 필요했습니다.

평일 저녁에 남편과 자주 산책을 하는데, 걷다보면

군것질이 하고 싶어져요. 배는 부르지만 밖에 나왔으니 그냥 떡볶이나 꽈배기라도 먹을까, 하는 거죠. 예전에는 아무 생각 없이 사먹었다면 지금은 한 번 더 고민합니다. 만약 간식 하나를 사먹어 몇 천 원을 쓰게 된다면 그날은 무지출 날로 분류할 수 없으니까요. 그럼 정말 억울한 마음이 들거든요.

미국과 유럽 일부 도시에는 소비 자체를 반대하는 극단적인 운동가들도 있습니다. 프리건(Freegan)이라 불리는 이들은 레스토랑, 식료품점, 상점 등에서 버려진 음식만을 먹고 삽니다. 쓰레기통을 뒤져 버려진 음식물을 재사용함으로써 소비에 물든 인간을 자유롭게 하는 데 그 목적이 있습니다. 프리건까지는 아니더라도 일주일에 한 번은 아무것도 사지 않는 날로 정해보세요.

매일 커피를 사서 마신다면 하루는 집에서 커피를 내려 텀블러에 담아보세요. 매일 간식을 사먹는다면 하루는 집에서 먹을 걸 챙겨가거나 건너뛰어보세요. 어떤 물건이 사고 싶다면 장바구니에 담아두고 내일로 미뤄보세요. 내일이 되면 생각이 바뀌어 구입하지 않을 수도 있습니다. 백화점이나 시내 구경을 나왔다면 구경만 해보세요. 힘들게 여기까지 왔는데 뭐라도 사야 하지 않을까, 하는 마음을 내려놓으세요.

내가 평소에 습관적으로 소비하는 항목이 무엇인지 점검해보세요. 살 수 있는 여유가 있지만 사지 않고 절제하는 습관을 길러보세요. 충동적인 소비를 줄여보세요.

1년, 5년 목표를 세워보세요

새해 계획 세우시나요? 계획을 세워도 연말이 다가오면 제대로 이룬 게 없다는 생각에 실망하시나요? 저도 예전에는 매년 노트에 10개의 목표를 적었습니다. 5년 후 이루고 싶은 일들도 적어보았고요. 그러다 30살이 넘어가면서 흐지부지되었는데요. 어느 날 다이어리를 정리하다 오래 전에 적어놓은 목표를 발견하였습니다. 불가능해 보이는 목표들이 가득 적혀 있었는데 뜻밖에도 진짜 이루어진 것들이 있더라고요. 와. 소원을 글로 적으면 이루어진다더니, 정말 되긴 되는구나.

그날 당장 1년 계획과 5년 계획을 적기 시작했습니

다. 내년이면 40살이 됩니다. 35살에 마흔 살이 되면 이루고 싶은 일 5가지를 과감하게 적어놓았는데요. 찾아보니 그중 2개가 이루어졌네요. 종이에 적고 잊어버린 목표가 제 무의식 속에 희미하게 남아 그 목표를 향해 나아가고 있던 걸까요? 잘 모르겠어요. 하지만 쓰면 (조금이라도) 이루어진다는 말은 사실인 것 같아요.

5년 혹은 10년 장기 계획은 조금 대담하게 세워보세요. 1년 단기 계획은 두루뭉술한 것보다 작고 세분화된 목표가 좋습니다. 매일 1시간 영어 공부보다는 잠들기 전 5분 영어 소설 한 쪽 읽기가 실행 가능성을 높여줍니다. 목표를 확 낮추어 매일 작은 성공을 만들어보세요. 심리학 용어 중 매튜 효과(Matthew effect)라는 말이 있습니다. 강자는 점점 더 강해지고 약자는 점점 더 약해지는 현상을 의미합니다. 실패는 성공의 어머니라고 하지만 성공이 성공의 어머니가 되기도 합니다. 오늘 계획한 일들을 해내었다면 내일도 해낼 확률이 훨씬 높습니다. 내일 성공했다면 모레도 성공할 가능성이 높지요. 목표를 지속할 수 있도록 방해 요소를 줄여보세요.

저는 요가원이 집에서 1분 거리에 있기에 요가를 시작할 수 있었습니다. 거리라는 방해 요소를 제거했

기에 귀찮은 마음이 들 때도 요가를 하러 갈 수 있었지요. 너무 애를 써야 하는 목표라면 오래 지속하기 힘듭니다. 느긋한 마음으로 목표를 향해 나아가 보세요. 요가를 시작했을 때 1년 안에 달성하고 싶은 목표는 하나였어요. 똑바로 선 후 허리를 구부려 손을 아래로 뻗었을 때 손끝이 땅바닥에 닿기. 그래요. 95%의 사람들은 그냥 손을 뻗으면 손끝이 땅바닥에 닿습니다. 하지만 제 몸은 로봇처럼 뻣뻣해 기초적인 동작조차 되지 않습니다. 몸이 유연하지 않다는 사실은 어렸을 때 고무줄놀이를 하며 이미 깨달았지만요. 손끝이 언제 땅바닥에 닿았느냐고요? 요가를 배운 지 10개월 만에요. 목표가 워낙 낮았기에 10개월 동안 꾸준히 운동을 하며 체력을 기를 수 있었습니다. 저는 요가가 유연성을 기르는 운동인 줄만 알았는데, 배워보니 요가에서 가장 중요한 건 척추를 바로 세우는 연습과 몸의 중심(코어) 근육을 단련시키는 것이었습니다. 그러다 보니 유연성과 더불어 체력도 덩달아 길러지게 되었네요. 작심삼일도 좋으니 우선 시작해보세요.

나만의 루틴을 만들어보세요

우리는 볼일을 본 후 손을 씻고, 밥을 먹으면 이를 닦고, 자기 전에는 샤워를 하지요. 꽤 귀찮은 일들인데 무의식적으로 몸을 움직여 동작들을 해냅니다. 매일 수십 년 간 같은 행동을 하며 몸이 익숙해졌기 때문에 어려움을 느끼지 않는 거죠. 루틴(routine)은 습관적으로 하는 동작이나 행위를 뜻하는 단어입니다. 위생 활동과 관련된 행위는 모두가 하는 루틴이라고 볼 수 있습니다.

혹시 남들과는 다른 나만의 루틴이 있나요? 루틴을 만들기까지는 시간이 꽤 들지만 일단 몸이 적응하면 원래 해왔던 일인 듯 자연스럽게 삶에 녹아듭니다. 어

느 날 몸이 아프거나 깜박해서 루틴을 건너뛴다면 불안한 마음이 들 정도로요.

루틴은 아침에 눈을 뜬 직후 혹은 잠자리에 들기 전에 하는 것이 좋습니다. 우리 모두는 매일 잠을 자려고 눕는 순간과 잠을 깨고 일어나는 순간이 있기 때문에 그 찰나에 습관을 만들어보는 거죠. 하루를 시작하면 수많은 일들이 일어나고 정신없이 하루를 보낼 가능성이 많기 때문에 루틴을 지속하기 힘이 듭니다.

저는 아침에 눈을 뜨면 바로 침구 정리를 합니다. 베란다 문을 열고 베개를 침대 머리맡에 반듯하게 세운 후 이불을 반으로 접어 침대 끝에 걸쳐 놓습니다. 화장실에 다녀온 후 남편이 끓여놓은 따뜻한 물 한 잔을 천천히 마십니다. 그리고 식탁에 앉아 둘이 짧은 가정 예배를 드립니다. 침구 정리, 따뜻한 물 마시기, 예배가 아침에 눈을 뜨자마자 하는 저의 루틴입니다. 익숙해지기까지는 힘들었지만 지금은 밥을 먹는 것만큼 자연스럽습니다. 세 개의 루틴이 끝나면 오늘도 좋은 하루가 될 거라는 생각이 듭니다.

운동 선수들도 시합 전 특별한 루틴을 반복합니다. 습관적인 행위를 통해 긴장된 마음을 안정시키기 위해서인데요. 라켓을 휘두르기 전 코와 귀를 만진다든지 배트를 땅에 2번 친다든지 하는 것이지요. 《아무

튼, 계속》의 작가 김교석은 "자신만의 루틴을 마련한다는 것은 자신의 일상을 지키고 가꾸겠다는 다짐"이라고 이야기합니다.

내 삶을 나아지게 하는 좋은 루틴을 만들어보세요. 침대에 눕기 전 1분 간 명상을 해보는 건 어떨까요? 눈을 뜨자마자 3분 간 스트레칭을 하는 건 어떨까요? 일어나면 좋아하는 음악 한 곡을 들으며 정신을 깨우는 건 어떨까요? 잠들기 전 일기 한 문장을 적어보는 건 어떨까요?

누구에게나 주어지는 시간은 매일 24시간으로 똑같습니다. 분으로 바꾸면 1,440분인데요. 그중 몇 분만 루틴에 투자해보세요. 내 삶을 지키고 가꾸며 나아가세요.

몇 벌의 옷을 가지고 있는지 세어보셨나요

매년 봄이 오면 생기는 의문점. 작년 봄에는 뭘 입고 다녔던 걸까? 한 번쯤 이런 생각해보셨지요? 왜 옷은 사고 또 사도 부족하다는 생각이 들까요. 아침마다 옷장을 열고 뭘 입고 나가야 할지 한참을 고민하나요? 그렇다면 옷을 너무 많이 가지고 있을 확률이 높습니다. 자신이 가진 옷 전부가 머릿속에 들어 있다면 바로 옷을 맞춰 입을 수 있습니다.

저는 옷을 잘 입는다는 말을 종종 듣는 편입니다. 또 옷도 많겠구나, 라는 말도 듣곤합니다. 하지만 제가 가진 옷이 얼마나 적은지 알게 되면 깜짝 놀랄 거예요. 그런데 왜 사람들은 제가 옷이 많을 거라고 생

각하는 걸까요? 그 옷들은 제 체형에 잘 맞고, 품질이 좋고, 차분한 색감의 기본형이라 저를 품위 있게 변신시켜줍니다. 옷 개수가 적으니 어느 옷 하나 소외되지 않고 골고루 입을 수 있고요.

사람들은 자신이 생각하는 것보다 훨씬 더 다른 사람에게 관심이 없습니다. 지인들은 저번에 제가 무슨 옷을 입었는지 기억하지 못합니다. 다만 만날 때마다 옷이 저에게 잘 어울리고 품질도 좋으니 제가 옷을 잘 입는다고 느끼는 겁니다. 옷을 잘 입고 싶다면 옷 개수에 초점을 맞추기보다는 자신에게 최고로 잘 어울리는 옷만 입어보세요.

옷을 살 때는 품질을 중요하게 고려해보세요. 좋은 품질의 옷은 가격이 비싼 경우가 많지만, 관리만 잘하면 오래 입을 수 있습니다. 백화점 명품관에서 마네킹이 입고 있는 옷을 자세히 살펴보면 기본형이 많다는 생각이 듭니다. 무언가가 달려 있고 꾸밈이 많은 옷보다는 단순한 옷이 질리지도 않고 매치하기도 좋습니다. 쇼핑은 많은 시간과 에너지와 돈이 드는 행위입니다. 한 철 입고 버리면 된다는 생각으로 대충 옷을 구입하기보다는 티 한 장을 사더라도 마음에 꼭 드는 옷을 사려고 해보세요. 저는 새 옷을 구입할 때 얼마나 자주 입을 수 있는지 계산해봅니다. 만약 겨울 코트

한 벌이 50만 원이고 일주일에 한 번 입는다면 네 달 동안 16번을 입게 됩니다. 코트를 구입하면 최소 5년을 입으니 80번을 입을 수 있습니다. 그렇다면 한 번 겉옷을 입을 때마다 6250원을 쓰는 셈입니다. 그렇게 따져보면 일주일에 한 번 이상 입지 않을 옷은 사지 않게 됩니다.

옷장을 열고 옷을 하나하나 점검해보세요. 입었을 때 나를 돋보이게 하는 옷들이 있습니다. 입었을 때 몸 움직임이 편안하고 체형을 잘 살려주는 옷들이 있습니다. 그런 옷들만 남겨두어야 합니다. 1년에 한 번도 입지 않는 옷은 과감하게 정리하세요. 버릴까 말까 고민되는 옷이 있다면 그 옷을 입고 외출해보세요. 왠지 부끄럽고 불편한 마음이 든다면 앞으로도 손이 가지 않을 옷입니다. 예쁜 옷인데 막상 입으면 몸이 불편하거나 자신과 어울리지 않는 옷이 있나요? 앞으로도 입지 않을 확률이 높습니다. 지금은 안 입지만 비싸게 주고 구매했기에 정리하기 아까운 옷이 있나요? 옷장에 걸린 그 옷은 앞으로도 자리만 차지할 것 같네요. 우리의 옷장은 이미 포화상태입니다.

마음에 꼭 드는 옷만 남겨둔다면 외출할 때 어느 옷을 입어도 잘 어울리니 어떻게 입을까 고민할 필요

가 없습니다. 몇 벌 중에 하나를 골라 입으면 되죠. 엊그제 입었던 옷이라고요? 괜찮습니다. 아무도 기억하지 못하거든요. 매일 입고 싶을 만큼 마음에 드는 옷만 남겨두세요.

가방은 몇 개나 가지고 있나요? 가방을 가지고 다니는 게 무겁거나 귀찮지는 않나요? 전 되도록 가방 없이 밖에 나섭니다. 립스틱 한 개와 신용 카드 한 장만 주머니에 넣으니 몸이 가뿐합니다. 지하철을 타야 할 경우엔 물병이나 책 한권을 손에 들고요. 가방 없이 다녀보세요. 발걸음이 가벼워집니다.

옷, 가방, 속옷, 신발 등 자신이 갖고 있는 소유물을 점검하고 규모를 축소해보세요. 하나를 사면 하나를 정리한다 생각한다면 양말 한 짝을 구입할 때도 신중해집니다. 통장은 점점 두둑해지고요.

과탄산 소다, 구연산, 베이킹 소다만 있으면 집안이 반짝반짝

집안과 살림살이를 깨끗하게 해주는 많은 제품들이 있습니다. 언젠가 마트에서 세분화된 세제 종류를 보고 놀랐던 적이 있어요. 세탁 세제, 주방 세제, 욕실 세제를 엄격히 분류하여 사용하고 있나요? 세제의 용도는 오염 물질을 깨끗하게 제거하는 것입니다. 과탄산 소다, 구연산, 베이킹 소다는 단순하지만 세제 역할을 잘 해냅니다. 화학 약품이나 계면 활성제가 전혀 들어 있지 않아 훨씬 안전하고요. 계면 활성제는 일종의 독성 화학 물질로서 이 성분이 포함된 제품을 사용하면 알레르기와 세포 손상뿐 아니라 내부 기관에 악영향을 주어 태아의 기형까지도 유발할 수 있다고 합

니다. 계면활성제는 치약, 샴푸, 클렌저, 화장품, 세제 등 우리가 일상적으로 사용하는 수많은 제품에 들어 있습니다. 매일 피부에 독소가 흡수되는 것이기에 평소에 의식적으로 사용하지 않으려고 노력해야 합니다.

과탄산 소다는 의류의 찌든 때를 깨끗하게 빼주는 역할을 합니다. 세탁기 세제 통에 과탄산 소다를 넣어보세요. 셔츠 부분이나 손목 부분이 오염되었다면 과탄산 소다를 물에 녹여 옷을 잠시 담가두거나 오염된 부분에 과탄산 소다를 희석하여 묻힌 후 손빨래를 해보세요. 일반 세제보다 세정력이 좋다는 걸 바로 느낄 수 있습니다.

구연산은 살균 작용을 하는 가루입니다. 섬유 유연제 대신 구연산을 넣어보세요. 섬유 유연제 통에 가루 30ml(밥숟가락 듬뿍 3스푼) 넣으면 됩니다. 세탁된 옷에서 향긋한 냄새가 나지는 않겠지만 옷은 깨끗하게 살균되었으니 안심하세요. 원래 빨래한 옷을 말리면 아무 냄새도 나지 않는 것이 정상입니다. 섬유 유연제는 사실 무척 위험한 제품입니다. 향수를 포함하여 제품에서 강한 향기가 날수록 독성 유해 물질이 많이 함유되었다고 보면 됩니다. 우리는 판매되는 상품이 사전에 유해성 검사를 거쳤으리라 믿습니다. 설마 독극

물과 유독성 물질이 함유된 제품을 소비자에게 팔까 안일하게 생각하다 몇몇 끔찍한 사건들이 일어났지요. 소비자 각자가 바른 정보를 얻기 위해 공부하고 노력하는 수밖에 없습니다. 또한 우리 몸에는 유익한 장내 세균과 바이러스가 있습니다. 이때 너무 많은 항균 제품을 사용하면 유익균이 죽어 피부 균형을 무너뜨릴 수 있습니다. 균형이 무너지면 오히려 병원균이 침입하기 좋은 상태가 된다고 하니 지나치게 살균 제품을 사용하는 건 좋지 않습니다. 지금 쓰고 있는 섬유 유연제를 꺼내 성분을 확인해보세요. 발음하기도 어려운 긴 단어들은 대체 어떤 물질인지 인터넷에서 찾아보세요. 미세 플라스틱 또한 무시할 수 없을 정도로 많이 들어 있습니다. 섬유 유연제로 코팅된 옷이 바로 우리 피부에 닿는다는 것을 생각해야 합니다.

린스도 섬유 유연제만큼 독성이 강한 제품입니다. 머리카락을 부드럽게 만들기 위해 계면 활성제를 듬뿍 넣어야 하거든요. 린스 대신 구연산 한 숟가락을 따뜻한 물에 풀어 머리를 헹궈보세요. 머릿결이 부드러워질 뿐만 아니라 머리카락도 훨씬 덜 빠집니다. 참고로 평소 머리숱이 적어 고민이라면 샴푸도 바꿔보세요. 최고의 방법은 따뜻한 물로만 감는 것입니다. 하지만 머리숱이 많거나 두피가 지성이라 도저히 힘

들다면 샴푸 바나 천연 계면 활성제가 들어간 약산성 샴푸로만 바꿔도 효과가 있습니다.

구연산은 물때 제거에도 탁월합니다. 커피포트에 물과 구연산을 넣고 끓여 식힌 후 수세미로 살살 닦으면 물때가 말끔하게 제거됩니다. 반신욕을 할 때는 입욕제 대신 구연산을 풀어넣으세요. 변기 안, 욕조, 살짝 금이 가서 오염된 타일 주변에 구연산을 뿌려 살짝 물을 묻힌 후 솔로 문질러보세요. 다만 대리석으로 된 화장실 선반은 구연산이 닿으면 하얗게 변해 얼룩이 생기니 조심해야 합니다.

베이킹 소다는 주방에서 아주 유용한 세제입니다. 베이킹 소다와 스테인리스는 궁합이 아주 좋거든요. 기름때 잔뜩 묻은 후드 팬을 떼어낸 후 고무장갑을 끼고 베이킹 소다를 물과 반죽하여 바른 후 10분 기다렸다가 솔로 씻어보세요. 지저분한 개수대와 수전에 베이킹 소다를 뿌려놓은 후 수세미로 문지르면 깨끗해집니다. 스테인리스 냄비 안이 눌어붙었다면 물에 베이킹 소다를 넣고 팔팔 끓인 후 식혀 닦아 보세요. 주전자 궁둥이가 까맣게 변했다면 베이킹 소다를 뜨거운 물에 풀어 담가놓은 후 수세미로 문질러보세요. 화장실 타일 줄눈이 지저분하다면 베이킹 소다와 물을 섞어 반죽한 후 발라놓으세요. 10분 후 솔로 닦으면

한결 깨끗하게 바뀝니다. 수많은 세제를 다 갖춰놓고 살 필요는 없습니다.

잠깐 화장품 얘기도 해볼게요. 아이 크림, 세럼, 에센스, 로션, 영양 크림, 수분 크림 등 기초 화장품만 해도 종류가 많은데요. 화장품에서 가장 큰 비중을 차지하는 건 글리세린입니다. 글리세린은 보습제 역할을 하는 성분으로 기초 화장품에 빠짐없이 들어가지요. 글리세린을 베이스로 하여 다른 성분을 조금 첨가하면 이게 아이 크림도 되고 영양 크림도 되는 겁니다. 그러니 기초 화장품을 모두 챙겨 바를 필요가 전혀 없습니다. 좋은 성분의 화장품을 하나만 발라도 충분합니다. 더불어 색조 화장은 피부의 숨구멍을 막아버리기 때문에 화장품 개수가 적을수록 피부에는 좋습니다.

진짜 수세미로 설거지하세요

주렁주렁 달린 수세미 본 적 있으세요? 오이와 비슷하게 생긴 수세미는 덩굴성 식물로 노란 꽃이 피고 오이와 비슷한 열매를 맺습니다. 이 열매가 바로 수세미인데요. 수세미는 즙으로 마시거나 생으로 먹을 수도 있고, 잘 말리면 설거지할 때 수세미 용도로 쓸 수도 있습니다.

저도 예전에는 진짜 수세미가 아닌 수세미라 불리는 다양한 제품을 사용했는데요. 공장에서 만들어진 수세미가 닳으면서 미세 플라스틱을 배출한다는 사실을 알고 대안을 찾기 시작했습니다. 아크릴 수세미라 불리는 직접 뜨개질한 수세미는 안전할 것

같지만 대부분 폴리에스터 100% 실을 사용하기 때문에 미세 플라스틱을 배출합니다. 그러다 알게 된 것이 진짜 수세미입니다. 인터넷으로 주문하여 사용해보니 왜 이제야 발견했을까 싶을 정도로 만족스럽습니다.

기다란 수세미를 원하는 크기로 잘라 안에 있는 심을 제거하고 사용하면 됩니다. 수질을 해치지 않고 그릇도 깨끗하게 잘 닦여 쓸 때마다 기분이 좋습니다. 세제를 사용하지 않아도 뜨거운 물로 닦으면 기름기가 거의 제거됩니다. 구멍이 송송 뚫려 있어 금방 마르고 쓰다보면 자연스럽게 닳아 없어지는데 그때 새 걸로 교체하면 됩니다.

생분해되는 천연 수세미가 중요한 이유는 수질 오염이 갈수록 심각해지기 때문입니다. 인간이 배출하는 어마어마한 플라스틱은 자연 풍화로 잘게 부서져 미세 플라스틱이 됩니다. 스크럽제, 공업용 연마제, 치약 등은 세정을 위해 일부러 미세 플라스틱을 첨가하기도 하고요. 합성 섬유로 만들어진 옷을 빨래할 때도 매우 작은 미세 섬유 형태의 미세 플라스틱이 떨어져 나온다고 합니다. 미세 플라스틱이 인체에 쌓이면 암, 섬유증, 소화기계 장애 등 심각한 질환이 발생할 위험이 있습니다.

미세 플라스틱은 주로 물속에 녹아들어 우리가 다시 마시게 됩니다. 우리가 버린 쓰레기가 다시 우리 몸에 쌓이는 거죠. 미세 플라스틱은 물에 사는 홍합, 굴, 담치 등 해산물에서도 발견됩니다. 성인 한 사람이 일주일에 2000개쯤(5g)의 미세 플라스틱을 섭취한다고 하니 무섭습니다.

그러니 수세미를 바꾸는 작은 몸짓 하나가 지구도 살리고 인간도 살립니다. 이 몸짓은 비닐 봉지 대신 천 주머니를 사용하는 것으로, 테이크아웃 컵 대신 텀블러를 이용하는 것으로, 일회용 용기 대신 반찬통을 내미는 것으로 표현될 수 있겠지요.

집안일을 덜어내고 빈둥거리는 시간을 늘려보세요

　살림은 끝없는 임무입니다. 부엌일은 식구 수와 관계없이 파도처럼 밀려왔다 밀려갑니다.

　오늘 정성들여 밥상을 차린다고 해서 내일 밥을 안 할 수는 없지요. 오늘 빨래를 했다고 해서 일주일 후에 빨래를 안 할 수도 없고요. 뫼비우스의 띠처럼 돌고 도는 게 살림이니 너무 잘하려 애쓰지 마세요. 밥과 반찬 한두 가지로 충분한 영양을 섭취할 수 있으니 식단을 간소화해보세요. 가끔은 냉장고에 있는 재료가 다 떨어질 때까지 장을 보러 가지 말아보세요.

　빨래는 일주일에 한두 번으로 횟수를 줄여보세요.

빨래를 갤 때 시간을 단축시킬 수 있게 속옷, 양말의 색과 모양을 하나로 통일해보세요. 금방 분류하여 옷장에 넣을 수 있습니다.

주말에는 청소를 하지 말고 그냥 어지러진 채로 두어도 괜찮습니다. 집안일을 단순화한 후 매일 나만을 위한 시간을 확보해보세요. 남은 시간은 아무것도 하지 않고 쉬어보세요. 꼭 무언가를 하지 않아도 됩니다. 약속이 없다고 해서, 집안에 가만히 앉아 있다고 해서 큰일이 나는 것도 아닙니다. 무료함을 느껴보세요. 잠이 부족하면 집중력이 떨어지고 몸의 면역력도 약해지니 충분한 수면도 취해보세요.

빈손으로 밖을 나가보세요. 핸드폰 없이 동네를 걸으며 주변을 꼼꼼히 관찰해보세요. 작은 화초를 키워보세요. 식물은 세로토닌 분비를 촉진시켜 우울할 때 도움이 됩니다. 인생이 언제 내 맘대로 된 적이 있나요? 어느 날은 좋았다가도 어느 날은 괴롭습니다. 인생은 원래 불공평합니다. 주어진 상황을 받아들이고 성실하게 한 걸음 한 걸음 걸어나가면 됩니다.

자신만의 고유한 길을 걸어가세요. 남과 비교하고 불평해봤자 나아지는 건 없습니다. 내 인생을 대신 가꾸어줄 사람이 누가 있을까요? 삶의 주체는 나입니다.

주체적인 삶이란 어떤 일을 행함에 있어 자유롭고 자주적으로 해나간다는 것입니다. 주변의 시선이나 평가에 흔들림 없이 내가 추구하는 가치를 따라 살아가면 됩니다. 모르면 모른다고 말하는 용기도 필요합니다. 지식은 끊임없이 변하기에 절대적인 것은 거의 없습니다. 아는 척하지 않으면 삶이 훨씬 쉬워집니다. 누군가는 성실하고 정직하게 살아가는 모습을 보며 어리석다고 비웃을지도 모릅니다. 하지만 인생 전체를 놓고 본다면 그 길이 가장 보람 있을 것 같다는 생각이 듭니다.

우리 각자에겐 그럴 힘이 있습니다.

일상이 포레스트

나를 살리고 지구를 지키는 작은 혁명

1판 1쇄 인쇄 2020년 6월 15일
1판 1쇄 발행 2020년 6월 22일

지은이 이하림
펴낸이 김현정
펴낸곳 책읽는고양이 / 도서출판리수

등록 제4-389호(2000년 1월 13일)
주소 서울시 성동구 행당로 76 110호
전화 2299-3703
팩스 2282-3152
홈페이지 www.risu.co.kr
이메일 risubook@hanmail.net

© 2020, 이하림
ISBN 979-11-86274-60-6 03810

※책값은 뒤표지에 있습니다.
※잘못 제본된 책은 바꾸어 드립니다.
※이 도서의 국립중앙도서관 출판시도서목록(CIP)은 서지정보유통지원시스템 홈페이지
(http://seoji.nl.go.kr)와 국가자료공동목록시스템(http://www.nl.go.kr/kolisnet)에서 이
용하실 수 있습니다. (CIP제어번호 : CIP2020023090)